STEFAN HAENNI

Brahmsrösi

MISSTÖNE Moritz Auf der Maur, Präsident der Thuner Brahms-Gesellschaft, kann es kaum glauben: Ein Unbekannter bietet ihm die Originalpartitur der berühmten »Thuner Sonate« zum Kauf an. Johannes Brahms hatte das Stück während eines Sommeraufenthalts am Thuner See im Jahre 1886 komponiert. Die Handschriften des Meisters hatten bisher als verschollen gegolten.

Allerdings erhalten auch andere Einrichtungen das verlockende »Angebot«: eine Krakauer Bibliothek, das Brahms-Archiv in Lübeck und die Brahmsgesellschaft Baden-Baden. Misstrauisch geworden, beauftragt Auf der Maur den Privatdetektiv Hans-Peter Feller, die Echtheit der Noten zu prüfen. Als der Detektiv kurz darauf um sein Leben bangen muss, sein Schützling Stefan Lüthi spurlos verschwindet und ein Musikerfreund tot aufgefunden wird, gibt es selbst für den schockierten Präsidenten keinen Zweifel mehr, dass die Violin- unaufhaltsam zur Violenzsonate mutiert ...

Dr. Stefan Haenni, geboren 1958 in Thun, studierte an den Universitäten Bern und Fribourg Kunstgeschichte, Psychologie und Pädagogik. Seit etwa 20 Jahren arbeitet er an einem Thuner Gymnasium als Lehrer für Bildnerisches Gestalten. Sein malerisches Werk präsentiert er zudem in regelmäßigen Ausstellungen. Der Kriminalroman »Brahmsrösi« ist, nach »Narrentod«, der zweite Fall für seinen Thuner Privatdetektiv Hans-Peter Feller.

Bisherige Veröffentlichungen im Gmeiner-Verlag:
Narrentod (2009)

STEFAN HAENNI

Brahmsrösi

Fellers zweiter Fall

GMEINER *Original*

Personen und Handlung sind frei erfunden.
Ähnlichkeiten mit lebenden oder toten Personen
sind rein zufällig und nicht beabsichtigt.

Besuchen Sie uns im Internet:
www.gmeiner-verlag.de

Im Ehnried 5, 88605 Meßkirch
Telefon 07575/2095-0
info@gmeiner-verlag.de

1. Auflage 2010

Lektorat: Claudia Senghaas, Kirchardt
Herstellung / Korrekturen: Daniela Hönig /
Katja Ernst, Doreen Fröhlich
Umschlaggestaltung: U.O.R.G. Lutz Eberle, Stuttgart
unter Verwendung eines Fotos von Stefan Haenni
Druck: Fuldaer Verlagsanstalt, Fulda
Printed in Germany
ISBN 978-3-8392-1036-9

Der Autor dankt
Claudia Senghaas für ihr sorgfältiges Lektorat.
Rolf Wüthrich für seine hilfreichen Ratschläge in musikwissenschaftlicher Hinsicht.
Armin Gmeiner für sein erneutes Vertrauen in meine Schreibkünste.
Freunden und Bekannten für Berichtigungen und Anregungen.

Ich denke nur Musik.
Johannes Brahms

PROLOG

»He da! Was soll das?«

Der rohe Klang der eigenen Stimme überrascht mich. Ich töne wie ein Schroter, ein bernischer Gesetzeshüter, entschlossen, die öffentliche Ordnung notfalls auch mit ganzer Überzeugungskraft und halbem Monatslohn zu verteidigen.

Gerade noch habe ich gutgelaunt und einigermaßen breit die Thuner Freienhofbar verlassen. Mit unsicherem Schritt habe ich die Sinnebrücke überquert. Dabei ist mir lautes Grölen und Lachen aus Richtung Lauitor aufgefallen. Auf der Höhe des Plätzlis neben der Konditorei Reber bietet sich mir danach ein seltsamer Anblick.

Ich bleibe neugierig stehen. Nur das fahle Licht einer mückenumschwirrten Straßenlampe erhellt die nächtliche Szenerie. Am gespenstischen Himmel sehnt sich ein Stück Mond nach seiner ganzen Fülle. Vor einem Musikgeschäft steht ein zirka 18-jähriger Bursche mit nacktem Oberkörper und hält zweihändig ein kleines Gerät in Augenhöhe, vermutlich sein Handy. Er filmt eine Gruppe von drei Kollegen, die auf der andern Straßenseite herumlungern. Was haben die vor?

Einer der Jungen stellt einen prallen, kugelrunden Kehrichtsack wie einen Fußball zum Abschuss bereit.

»Nein, warte. Da schleicht eine Karre«, ruft ihm der Filmer zu.

Rasch nähert sich das Scheinwerferlicht eines Autos, das danach schwungvoll in den Verkehrskreisel einschwenkt und Richtung Spital abbiegt.

»Jetzt!«, kommandiert ein schlaksiger Lümmel.

Der designierte Schütze zögert. »Nein, es kommt noch was.«

Ein dunkelblauer Peugeot mit Abblendlicht rollt vorbei.

»So, aber jetzt. Abschuss!«

Unter lautem Johlen fliegt das Paket zehn Meter quer über die Straße einem offenen Kehrichtcontainer entgegen.

»Treffer!«, kommentiert der Handyman trocken.

»Jep!«, meint der Schütze. Seine Kollegen applaudieren.

»Geil. Voll in die Kiste«, rühmt ein anderer und will es auch versuchen.

Ein nächstes Wurfgeschoss wird entwendet und zwischen zwei vorbeifahrenden Autos schwungvoll Richtung Ziel spediert. Das verfehlt es um Haaresbreite. Vermutlich wird dieser Bubenstreich schon morgen auf YouTube zu bestaunen sein. Ich nehme mir vor, genau das zu Hause zu überprüfen.

»Shit, daneben«, tönt der Schütze und fragt hoffnungsvoll: »Hat's noch einen?

»Da, der Letzte, du Sack.«

Erneutes Gegröle. Kurz darauf durchquert ein Plastikgeschoss in klassischer Sinuskurve die laue Sommernacht. Beim Aufprall platzt es an der Außenwand des anvisierten Metallbehälters. Der Kehricht verteilt sich dabei in alle Himmelsrichtungen. Stinkende Küchenabfälle, gepresste PET-Flaschen, zerknüllte Papiere und verbeulte Büchsen übersäen das Trottoir auf einer Länge von drei Metern.

Das ist der Augenblick, in dem ich mit möglichst bedrohlicher Stimme mein »He da!« erschallen lasse. Ich mobilisiere ein Quäntchen Zivilcourage und mische mich ein. Auf die Gefahr hin, die Fresse poliert zu kriegen. Man liest diesbezüglich erschreckende Berichte. Die niederschwellige Aggressionsbereitschaft von Jugendbanden schockiert.

Die überraschten Nachtbuben halten kurz inne und wenden sich zu mir. Leider erkenne ich von hier aus keines ihrer Gesichter. Alle vier tragen Baseballcaps, schräg und tief in die Stirn gerückt. Sie sehen damit ziemlich verwegen aus. Spontan traue ich den Unbekannten böses zu. Habe ich möglicherweise die gesuchten Täter vor mir, die dem Rathauswirt eine Hauswand vollgesprayt haben?

1

Nur das eine brauche ich jetzt.

Die Muße, auf einer der besonnten Holzbänke an der gemächlich dahinfließenden Aare mein Leibblatt zu lesen. Dabei interessieren mich folgende Fragen: Werden neue Vandalenakte vermeldet? Gibt es frische Graffiti? Sind wieder Denkmäler beschädigt worden? Hat die Bronzeplastik des Fulehung auch noch ihr zweites Horn eingebüßt?

Aufmerksam prüfe ich den Regionalteil des Thuner Tagblatts. Prompt werde ich dabei gestört. Kaum habe ich mich nämlich gesetzt und die Zeitung aufgeschlagen, rattert ein orangefarbener Kleintransporter heran. Wenige Meter von mir entfernt stoppt der kleine Stinker. Es entsteigen ihm zwei blaugewandte Stadtgärtner mit leuchtorangen Beinstulpen. Der eine wirkt behäbig. Er scheint den Vorarbeiter zu mimen, auch vom Alter her. Beim andern dürfte es sich um seinen Lehrling handeln. Noch keine 20, der Stift. Unter langen blonden Stirnfransen lugen sanfte Augen mit einem Blick für zarte Pflänzchen und herbe Unkräuter hervor.

Der Alte greift mit Zeitlupengeschwindigkeit in die rechte Hosentasche, der er ein zerdrücktes Päckli entnimmt. Routiniert klopft er eine Zigi heraus. Es fällt kein Wort. Inzwischen schlendert der Stift unaufgefordert zur Ladefläche, von der er eine Harke und einen Rechen hievt. Wenn er etwas von seinem Chef gelernt hat, so ist es, abgesehen von der eklatanten Gesprächigkeit, zweifellos das atemberaubende Arbeitstempo. Immerhin stellt er mit dem Werkzeug eine grundsätzliche Handlungsbereitschaft in Aussicht. Ich frage mich unweigerlich: Warum gelingt es der minimalistischen Darbietung der beiden Gärtner, mich vom Lesen abzuhalten?

Vielleicht lockt die Lektüre nicht wirklich. Der regionale Blätterwald ist ziemlich ausgedünnt. Er bietet wenig Alternativen. Im Tägu und in der Berner Zeitung finden sich weitgehend dieselben Bünde mit identischen Inhalten. Hans was Heiri, was man liest, falls man mehr als 20 Minuten für eine Gratiszeitung opfert. Ich schlage mit dem Handrücken auf das entfaltete Papier, als gälte es nun ernsthaft, mich den Tagesaktualitäten zuzuwenden.

Da klickt das Feuerzeug des Vorarbeiters. Das kurze, helle Geräusch genügt, mich erneut abzulenken. Warum zum Henker kann ich mich heute nicht konzentrieren?

Der Alte hat einen Glimmstängel entzündet. Paffend lehnt er sich gegen die offene Führerkabine. Das eine Bein belastet er als klassisches Standbein. Das übergrätschte Spielbein stützt er lässig mit der Fußspitze ab. Der Vorarbeiter räuspert sich, ohne danach irgendwelche Anweisungen zu husten. Schließlich lässt er einen kompakten Grünen zu Boden fladern. Mit zusammengekniffenen Echsenäuglein mustert der Stadtgärtner seine Umgebung, so als hoffte er eine grüne Oase ausfindig zu machen. Die befindet sich in Form einer üppig bepflanzten Rabatte auf der Fluchtlinie zwischen ihm und mir. Sie verhindert Blickkontakte durch die Blume. Verwundert blinzelt mich der Gärtner an, als wüsste er, mit wem er es zu tun hat. Nämlich dem stadtbekannten Privatdetektiven, der bereits eine Mörderin überführt hat. Seither kann ich allerdings weder mit nennenswerten Heldentaten prahlen, noch sind lohnende Aufträge eingegangen. Abgesehen von der Jagd nach den Schmierfinken. Der Rathauswirt hat mich beauftragt herauszufinden, wer ihm seine Liegenschaft garniert hat.

Bisher ist mir leider kein gescheiter Lösungsansatz eingefallen. Wie soll ich den Nachtbuben auf die Schliche kommen? Ich kenne mich in der Szene überhaupt nicht aus und bin zu alt, um mich unauffällig unter die Kiffer auf der Mühleplatztreppe zu mischen.

Ich müsste meine Ermittlungen auf die Typen vom Weißen Block fokussieren. Würde mich nicht wundern, wenn die Sprayer unter ihnen zu finden wären. Leider begnügt sich mein Auftraggeber nicht mit Vermutungen. Er wünscht, dass ich die nachtaktiven Wand- und Landstreicher inflagranti ertappe. Wie stelle ich das an?

An seiner Hauswand ist das Werk vollbracht. Kein Quadratmeter steht für neue Attacken frei. Dort werde ich die Künstler kaum mehr überraschen. Ich müsste erraten, welche jungfräuliche Fassade als nächstes vollgesabbert werden soll. Das Strättligarchiv? Die Bahnhofunterführung? Das Gerichtsgebäude auf dem Schlossberg?

Fast unmöglich, entsprechende Prognosen zu stellen. Am einfachsten wäre es, die Wand weiß zu übertünchen, um die Schmierfinken erneut zum Sprayen zu animieren. Sodann müsste ich nur noch das Objekt observieren. Allerdings rund um die Uhr.

Der Wirt kann sich für diese Lösung nicht erwärmen. »Identifiziere die Täter und ich renoviere die Fassade. Vorher nicht«, hat er verkündet. Das macht mich ziemlich rat- und mutlos. Huere Schmiererei! Scheiß Auftrag!

Die Gärtner ergreifen das Werkzeug und zwei grüne Plastikkörbe. Sie schlurfen in Richtung Blumenbeet. Ich erwäge zu flüchten, bin aber unentschlossen und bleibe schließlich doch sitzen. Meine Blicke folgen dem blonden Jüngling, der inzwischen den grünen Arbeitskittel ablegt hat und jetzt ein weißes T-Shirt mit dem karminroten Aufdruck ›Ich bin auch ein Rasenmäher‹ präsentiert.

Der Rasenmäher und sein Boss nähern sich als wankende Silhouetten im Gegenlicht der Morgensonne. Sie wirken wie zwei Außerirdische, die ihr Tagwerk zum Wohl der Menschheit anpacken. Sie werden aber von einer jungen Frau gestoppt. Dafür hat sie, wie ich von meinem Bänklein aus leicht erkenne, zwei plausible Gründe: Erstens steht die Gute mitten im Blumenbeet und zweitens ist sie splitterfasernackt!

Samtblättrige Stiefmütterchen in tiefdunklem Violett und leuchtendem Gelb blühen zu Füßen der jugendlichen Schönheit. Bei der Unbekleideten handelt es sich um eine Bronzestatue. Diese wurde zu Ehren und zur Erinnerung an Johannes Brahms an der Seepromenade in Thun aufgestellt, auf der Wiese zwischen Entenegg und Bächimattpark. Heute bezeichnet man die Örtlichkeiten als Brahmsquai und die Plastik als Brahmsrösi. Warum ausgerechnet ein weiblicher Akt an den deutschen Komponisten erinnern soll, bleibt vorerst ein Geheimnis.

Brahmsrösi hält ihren rechten Arm in der Horizontalen. Die abgewinkelte, offene Handfläche präsentiert sie wie eine Politesse auf der Verkehrsinsel. Angeblich begrüße die Holde den neuen Tag.

»Hallo, Frischling. Ob's heute was wird mit uns beiden?«

Ganz keck, diese Rösi! Wenngleich: Könnte ihre Haltung nicht auch auf verinnerlichtes Lauschen hindeuten? Vermittelt ihr Gesichtsausdruck aufmerksames Zuhören? Jedenfalls wird die stille Besinnlichkeit auf absurde Weise durch den Verkehrslärm der Hofstettenstraße beeinträchtigt. Davon kann ich ein Liedlein singen. Meine Wohnung liegt nur einen Steinwurf von hier entfernt.

Den linken Arm hebt die Nackte wie ein Modell in einem Werbespott für rasierte Achselhöhlen. Die Hand liegt lässig am Hinterkopf. Zwei apfelförmige Brüste wölben sich mir wie reifes Mostobst entgegen.

Mit halb geschlossenen Augen und zurückgeneigtem Kopf lächelt Rösi dem Tag entgegen, als käme es ihr nicht wirklich darauf an, was er bringt. Voller Zuversicht, dass sich das Heute als verheißungsvoller Morgen von gestern entpuppt. Sogar der Taubendreck, der über das verzauberte Antlitz rinnt und die ganze Figur von oben bis unten mit weißen Striemen verunstaltet, scheint die Gelassenheit der Schönheit nicht im Geringsten zu beeinträchtigen.

In Sichtweite und Blickrichtung der Figur steht ein Gotteshaus, das Scherzligkirchlein. Ein Haus zum Scherzen? Ein Kirchlein der Heiterkeit? Liegt Rösis Geste eine sakrale Bedeutung zugrunde? Mir ist ihr Handzeichen schon anderswo aufgefallen. Beim Pontifex maximus. So grüßt der germanische Kondomleugner! Immerhin soll er den Muslimen den Gebrauch der Lümmeltüte ans Herz gelegt haben.

Jetzt verlässt ein älterer Mann im dunkelblauen, zweiteiligen Anzug den geteerten Spazierweg und überquert den Rasen. Mit gemessenen Schritten nähert er sich den beiden Stadtgärtnern. Er spricht sie an. Die scheinen sich zu wundern. Leider kann ich nicht hören, was geredet wird. Danach greift der distinguierte Herr in die Innentasche seines Anzugs, holt eine dicke Brieftasche hervor und reicht dem Rasenmäher eine Zwanzigernote. Wird hier gedealt? Gleichen im Rentnerparadies am Thunersee die Junkies den pensionierten Bankern?

Einer abgegriffenen Ledermappe entnimmt der Alte einen weichen Lappen und eine transparente Plastikflasche mit irgendeinem Putzmittel. Beides übergibt er dem Jungen, der umgehend beginnt, damit die Bronzefigur vom Vogeldreck zu befreien.

Ich wundere mich etwas über diese private Initiative. Was liegt dem sonderbaren Mann an der Brahmsrösi? Andrerseits kann die Öffentlichkeit dankbar sein, dass am Aarelauf ein selbstloser Bürger mit ausgeprägtem Ordnungssinn ein paar Fränkli flüssig macht.

2

»Lieben Sie Brahms?«

Mit dieser Frage überrumpelt mich heute Morgen ein gewisser Herr Auf der Maur am Telefon. Noch erstaunter wäre ich nur gewesen, wenn sich Françoise Sagan persönlich aus dem Jenseits gemeldet hätte. Der Anrufer stellt sich als Präsident der Thuner Brahmsgesellschaft vor. Bisher habe ich nichts mit ihm zu tun gehabt. Ich kenne ihn vom Hörensagen: Doktor Moritz Auf der Maur. Er ist meines Wissens mit einem Lehraufrag für Kompositionslehre an der regionalen Musikschule betraut und funktioniert in der hiesigen Kultur- und Musikszene als umtriebiger Initiator. Aber sonst?

Einerseits möchte ihn nicht enttäuschen. Er lebt vermutlich für das Werk des deutschen Komponisten. Andererseits ist mir schleierhaft, was die ungewöhnliche Erkundigung soll. Seit wann interessiert sich Herr Auf der Maur für meinen persönlichen Musikgeschmack?

Er unterbricht mein Sinnieren. »Herr Feller. Wären Sie so freundlich, meine Frage zu beantworten?«

»Ich kenne mich mit Brahms vermutlich zu wenig aus«, versuche ich mich rauszureden.

Der Doktor steigt nicht darauf ein. »Kann man sich denn der Wirkung seines beglückenden Werks entziehen?«

Ich betrachte es nicht als meine primäre Aufgabe, den Präsidenten auf den Boden der disharmonischen Realität zurückzuholen und schweige.

Er insistiert aufs Neue: »Also, frisch heraus, Herr Feller: Lieben Sie Brahms?«

Mist! Ich komme offenbar nicht darum herum, Stellung zu beziehen. »Um Ihnen die Wahrheit zu sagen, Herr Auf der Maur. Brahms figuriert in meiner Klassikhitparade nicht auf den Spitzenrängen. Wozu fragen Sie?«

»Sie arbeiten als Privatdetektiv, nicht wahr?«

Ich nicke. Natürlich entgeht das meinem Anrufer.

»Es handelt sich um einen Auftrag«, sagt er und klingt geheimnisvoll.

Meine Neugierde ist jedenfalls geweckt.

»Es ist mir zu Ohren gekommen, dass Sie sich in Sachen Urkunden gut auskennen.«

Ich verhalte mich jeglicher Form von positiver Verstärkung gegenüber grundsätzlich misstrauisch und antworte nur zögerlich. »Ja. Ich kenne mich mit Handschriften etwas aus.«

»Gut. Gerne würde ich mich mit Ihnen unter vier Augen unterhalten. Es handelt sich nämlich um eine delikate Angelegenheit.«

»*Delikat* tönt mehr nach einer kulinarischen Herausforderung. Eine solche suche ich in der Tat, Herr Auf der Maur.«

Er verdankt meine Bemerkung mit herzhaftem Gelächter. Ein heiterer Mensch. Wird man so, wenn man oft genug Brahms hört?

»Habe ich Sie richtig verstanden? Sie wollen mich als Detektiv engagieren?«

»Richtig. Als was denn sonst, Herr Feller?« Er grölt schon wieder.

Seine Rhetorik empfinde ich eher als Herabsetzung. Immerhin könnte man mich nach wie vor noch als Pädagogen einstellen. Als Privatlehrer für Nachhilfeunterricht in Deutsch und Geschichte. Neben den obligaten Reit-, Tennis- und Geigenstunden, den kostspieligen Shoppingtouren im Bälliz und dem inflationären Versenden von belanglosen SMS wird der Schülerschaft die Erfüllung der Promotionsbedingungen nicht selten prekär. Ein Privatpauker könnte nach dem Rechten sehen. Erfahrungsgemäß mangelt es dem Nachwuchs oft nur an Fleiß und geeigneten Lerntechniken. Nachhilfe wäre keine schlechte Idee. Eben hätte ich noch zur Verfügung gestanden. Ab heute ist das anders.

»Wann und wo wollen wir uns treffen?«, erkundige ich mich.

»Ich richte mich ganz nach Ihnen.«

»In dem Fall schaue ich am besten bei Ihnen zu Hause vorbei. Wo wohnen Sie, Herr Auf der Maur?«

»Ecke Blümlisalpstraße/Ringstraße. Die grüne Jugendstilvilla. Nicht zu verpassen. Sie kennen das Quartier?«

»Selbstverständlich, ich bin Thuner«, entgegne ich mit gespielter Entrüstung. Voreilig. Es existieren eine innere, eine mittlere und eine äußere Ringstraße. Welche ist gemeint? Später erst werde ich meine diesbezügliche Wissenslücke realisieren und darum eine ganze Weile im Seefeld herumirren.

»Ist Ihnen morgen Nachmittag recht? So um 14.30 Uhr zum Tee?«

»Ja, passt.«

»Schön. Ich erwarte Sie, Herr Feller. Seien Sie auf eine Überraschung gefasst!«

3

Nach dem vielversprechenden Anruf erinnere ich mich an das bevorstehende Treffen mit meinem Assistenten.

10.30 Uhr, in der Cafébar Alte Oele. Ich bin früh dran und blättere in einer alten Illustrierten. Dabei stoße ich auf einen mehrseitigen Fotobericht über den Sprayer von Zürich, unter der Rubrik ›Was macht eigentlich Xy‹? Schon komisch, wenn einem dort ein Mann mit graumelierten Schläfen als ehemaliger Bürgerschreck vorgeführt wird. Das Porträt steht unter einer Bildstrecke seiner typischen Werke, den Strichmännchen mit den dreieckigen Köpfen und dem zyklopenhaften Auge.

In dem Moment öffnet sich die Glastür. Jüre tritt ein.

»Das glaubst du nicht«, begrüße ich ihn. Er schaut mich verständnislos an.

»Was?«

»Eh, das da, was ich soeben gelesen habe.«

Er reicht mir die Hand, rückt einen Bugholzlehner vom Tisch und setzt sich gutgelaunt. »Ciao, Hanspudi. Schieß los!«

Bevor ich ihm den Artikel kurz zusammenfasse, bestelle ich zwei Stangen helles Bier. Hiernach lege ich die Illustrierte vor ihn auf den Tisch. »So werden aus jungen Sprayern alte Spießer. Da schau, der Dosenkünstler von Zürich zum Beispiel. Er verunziert nur noch Bettwäsche und Tischsets. Alles total kommerzialisiert. Keine Spur mehr von Auflehnung gegen das Grau des urbanen Einerleis.«

»Tja. Bei gewissen Leuten gilt er jetzt als etablierter Künstler«, kommentiert Jüre.

»Stimmt«, pflichte ich ihm bei. »Zum Glück bestrafen sich diese Menschen gleich selbst. Sie verlieren ihre sauer verdienten Moneten mit der spekulativen Investition in wertlose Wandaktien.« Darauf erheben wir unsere Gläser.

»Vielleicht solltest du den Sprayer-Artikel dem Rathauswirt unter die Nase halten. Es käme ihn jedenfalls billiger, die Graffiti als Populärkunst zu akzeptieren, als sie überpinseln zu lassen.« Jüre setzt sein Bier auf die bedruckte Pappscheibe und federt derart schwungvoll in die Lehne zurück, dass der Bistrostuhl zu kippen droht. »Ups!«

»Kipp erst das Helle, bevor du dich in den dunklen Abgrund stürzest.«

Rechtzeitig hat er sich wie der Zappel-Phillip an der Tischkante gerettet. »Hanspudi, sei froh, dass der Beizer die Vandalen verfolgen lässt. Du ersäufst nicht gerade in einer Flut von Anfragen. Wie weit bist du eigentlich? Hegst du bereits einen Verdacht, wer es allzu bunt getrieben hat?«

»Eben nicht«, antworte ich. »Die Typen vom Weißen Block vielleicht?«

Jüre schlägt sich mit der flachen Hand gegen die Stirn. »Du mit deinem Weißen Block. Der lässt sich halt nicht wie schwarze Schwäne aus der Gegend verbannen.«

»Das ist das Problem.«

»Okay«, beschwichtigt mein Assistent. »Lass uns die Angelegenheit gemeinsam erledigen. Zielorientiert und zuversichtlich, wie immer.«

»Einverstanden. Dein Optimismus in meinen Ohren. Mein Gehalt in deiner Tasche.«

Der Angesprochene bestätigt: »Genau so.« Dann zückt er ein Schreibblöckli und wendet sich an die Kellnerin: »Fräulein, können Sie mir Ihren Kugelschreiber leihen?«

Ich gucke ihn verdutzt an: »Fräulein? Du rufst sie *Fräulein*? Ich hätte dich für zeitgemäßer gehalten. Was würde deine vergötterte Marie-Josette wohl dazu sagen?«

Mein Assistent hebt Augenbrauen und Schultern synchron und lächelt lieb. Nach einer dosierten Kunstpause meint er: »Ach, weißt du, Hanspudi, meine Frau tröstet sich mit dem Gedanken, dass ich jeweils die Rechnung begleiche.«

Inzwischen hat die Bedienung das Gewünschte auf den Tisch gelegt und sich wortlos entfernt. Unsere Debatte scheint sie nicht zu kratzen. Sind im Berner Oberland die Böen der feministischen Sturmwinde erlahmt?

»Jüre, bist du eigentlich schon dazu gekommen, über Johannes Brahms zu recherchieren?«, will ich nun wissen.

»Ja. Habe damit begonnen. Der absolute Brahmskracher scheint das Liedchen ›Guten Abend, gut Nacht‹ zu sein.«

»Ist das nicht ein deutsches Volkslied?«

»Nein. Ursprünglich handelt es sich um eine Komposition vom Meister.«

Ich zweifle: »Bist du dir sicher, dass das Volkslied nicht zuerst da war?«

»Du meinst, der Schlaumeier hat es nur *gecovert*?«

»Könnte man so sagen, oder?«

»Auch möglich«, sagt mein Assistent.

»Müsste er nicht sowieso eher Seemannslieder geschrieben haben?«, frage ich. »Er wurde doch in Hamburg geboren.

»Stimmt«, bestätigt Jüre. »1833. Nur hat Brahms in der Wiege nichts komponiert.«

»*In* der Wiege nicht. *Für* die Wiege schon. ›Guten Abend, gut Nacht‹ gilt als Wiegenlied, oder?«

»Ja, ja«, nickt er und lässt mit der verdoppelten Zustimmung durchklingen, dass ihn das Thema zu langweilen beginnt. Hintennach fügt er an: »Was Brahms als Jüngling zusammengeschrieben hat, veröffentlichte er ohnehin unter einem Pseudonym.«

»Was für ein Pseudonym?«, horche ich ihn aus.

»G. W. Marcks, zum Beispiel.«

»Marx?«, wiederhole ich verwundert.

»Ja, oder Karl Würth.«

»Würg! Wozu denn das?«

»Na hör mal. Es gibt eine ganze Reihe von Menschen, die unter fantasievollen Künstlernamen publizieren.«

»An wen denkst du?«, frage ich.

»Pascal Mercier zum Beispiel, Paul Lascaux oder Etienne Lecoq.«

»Komponisten?«

»Nein. Schriftsteller.«

»Wozu tun sie das? Warum wählen sie Fantasienamen?«

Mein Assistent zögert. Dass er in die Rolle des Verteidigers der Künstlergilde zu geraten droht, scheint ihn zu irritieren. »Was fragst du mich? Sie wagen ihr Debüt, haben Erfolg und bleiben danach beim Künstlernamen. Brahms jedenfalls soll von seinen frühen Kompositionen nur jene aufgehoben haben, die unter Pseudonym veröffentlicht wurden.«

»Was ihn nur dazu bewogen hat?«, rätsle ich.

»Überzogene Selbstkritik«, meint Jüre. »Erstaunlicherweise ist die aber erst erwacht, nachdem ihn Robert Schumann mit Lob überhäuft hatte.«

»Nachdem?«

»Richtig. Auch Komplimente müssen schließlich verdaut werden«, weiß er. »Sieht so aus, als hätte Schumanns Lob Brahms' Courage im Keim erstickt. Anfänglich hatte der Junge ausschließlich Klavierwerke geschrieben. Als ihn der verehrte Meister zu großen Orchesterwerken ermunterte, fühlte er sich vielleicht überfordert.«

»Sympathisch, wenn berühmte Menschen dazu stehen, ihre Kunst *erlernt* zu haben«, sage ich.

»Stimmt. Allzu oft geistern Ideen pränataler Hochbegabung und frühmusikalischer Förderung durch die Kinderzimmer ehrgeiziger Eltern«, behauptet ausgerechnet Papa Lüthi.

»Was lag dem bekannten Schumann eigentlich am unbekannten Brahms?«, grüble ich. »Wann haben die sich kennen gelernt?«

»Der 20-jährige Brahms hat das Ehepaar Schumann in den 50er-Jahren des 19. Jahrhunderts getroffen. Diese Bekanntschaft war für seine weitere Entwicklung von großer Bedeutung.«

»Seine musikalische oder seine menschliche?« Ich will es genau wissen.

Jüre präzisiert: »Für beide. Der Briefwechsel zwischen Johannes und Clara ist weitgehend erhalten geblieben. Er belegt die Entwicklung von einer anfänglichen Wertschätzung zu einer innigen Zuneigung. Drei Jahre nach dieser Bekanntschaft schwärmt Brahms: ›Deine Briefe sind wie Küsse‹.«

»Gerade so?«, frage ich, ohne eine Antwort zu erwarten.

»Clara war 14 Jahre älter als Johannes und bereits Mutter von sechs Kindern. Zudem hatte sie als Pianistin in Europa beachtlichen Ruhm erlangt. Beides muss das Bürschchen fasziniert haben.«

Ich nicke: »Auch aus heutiger Sicht scheint Clara eine moderne Frau gewesen zu sein. Sie brachte Mutterrolle und Karriere unter einen Hut.«

»Ja, ihre eigene und die ihres Mannes noch dazu«, sagt Jüre. »Diesem hingegen scheint sein Erfolg nicht allzu gut bekommen zu sein. Schumann landete bekanntlich in einer Nervenheilanstalt.«

»Welche Karriere machte ihm wohl mehr zu schaffen? Die eigene oder die seiner Frau?«

»Schon die eigene«, vermutet mein Assistent.

»Wie reagierte der Hausfreund?«

»Oh, Johannes ließ nichts anbrennen. In Roberts Abwesenheit intensivierte er den Kontakt zu Clara.«

»Wie hinterhältig.«

»Da hegte er offenbar keine Skrupel«, meint Jüre. »Im Gegenteil. Zeitweilig lebte er mit Clara und ihren Töchtern unter einem Dach.«

»Unter einem Dach oder unter einer Decke?«

Mein Assistent schmunzelt vielsagend, denn nach seinem Googeln bleibt für gewöhnlich keine Dateileiche im virtuellen Keller des Webs verscharrt.

»Ob Papa Schumann davon wusste?«, mutmaße ich.

»Wovon?«

»Von Brahms' Einzug ins gelobte Haus.«

Jüre hebt die Schultern. »Keine Ahnung. Die wahre Intention dürfte ohnehin woanders gelegen haben. Vermutlich hatte es Brahms nicht ernsthaft auf Frau Mama abgesehen.«

»Sondern?«

»Auf eine ihrer hübschen Töchter. Johannes buhlte um die Gunst der 24-jährigen Julie, der drittältesten Tochter.«

Ich schaue meinen Assistenten an, als erwartete ich gleich ein Dementi. Vergeblich.

»Ach, halb so schlimm. Er soll mit seinen wahren Gefühlen derart zurückgehalten haben, dass man, oder vielmehr frau, im Hause Schumann nichtsahnend Julies Verlobung mit dem italienischen Grafen Victor Radicati di Marmorito vorbereitete. Johannes' Liebe blieb rein platonisch, eventuell unerkannt und vermutlich einseitig.«

Daran wage ich zu zweifeln. »So blind ist keine heiratsfähige Tochter. Und eine behütende Mutter erst recht nicht. Ich vermute, dass Clara die Verlobung mit dem Grafen als Reaktion auf Brahms' Avancen vorangetrieben hatte. Sie wollte ganz einfach den Musikus nicht zum Schwiegersohn.«

»Die Frage lautete in dem Fall, warum?«, grübelt Jüre. »Wollte sie ihn vielleicht selbst zum Freund?«

»Was, Freund? Zum Liebhaber!«, dopple ich nach.

»Schon möglich«, räumt er ein. »Immerhin hatte er Clara seine Zuneigung schriftlich offenbart. Spät erst erfuhr Johannes von Julies Verlobung.«

»Und, wie reagierte er?«, frage ich.

»Er soll ein ziemlich langes Gesicht gemacht haben, der Schwerenöter.«

»Klar. Schließlich wurde er mehr oder weniger verarscht.«

Was unternahm er?«

»Der Arsch? Er zeigte Größe.«

»Umso schlimmer«, kommentiere ich, unsicher darüber, ob das von Jüre als Verstärkung oder Milderung der Ausdrucksweise gemeint war.

»Vergiss den Allerwertesten. Brahms erschien bei Clara, um ihr eine Rhapsodie zu überreichen.«

»Eine Rhapsodie? Was ist daran groß?«

»Er nannte die Rhapsodie ›Mein Brautgesang‹.«

Jetzt verstehe ich gar nichts mehr. »Warum überreichte der liebestolle Notenschreiber den Brautgesang der Mutter statt der Braut? Was respektive *wen* wollte er eigentlich erobern?«

»Er begehrte die Tochter und beschenkte die Mutter«, präzisiert Jüre.

»Wie hat es Frau Mama aufgenommen?«

»Gerührt, so viel ich weiß. Clara notierte jedenfalls in ihr Tagebuch, dass sie der ›Brautgesang‹ durch den ›tiefsinnigen Schmerz in Wort und Musik‹ erschüttert habe.«

»Komische Verhältnisse«, meine ich und provoziere damit Widerspruch.

Jüre reckt den Kopf nach vorn wie ein geprellter

Erpel. »Komische? *Tolerante*! Bis heute ist nämlich ungeklärt, wer in der Familie Schumann am meisten in den hübschen Jungen verknallt war, Julie, Clara oder Robert.«

»Robert? Willst du sagen …?«, deute ich an.

»Nicht ich. Ein deutscher Musikprofessor verbreitet es: Papa Schumann soll jungen Männern durchaus zugetan gewesen sein. Das erstaunliche Engagement für den unbekannten Komponistenschnösel gewinnt damit eine neue Erklärung. Überlege mal, Hanspudi: Schumann hat die ganze Kraft seines internationalen Einflusses in den Dienst des undankbaren Schützlings gestellt. Und zwar *bevor* Brahms eine einzige Note veröffentlicht hat! Ich habe gelesen, dass Robert den Johannes im berühmten Essay ›Neue Bahnen‹ enthusiastisch feierte und voller Bewunderung schrieb: ›Er trug, auch im Äußeren, alle Anzeichen an sich, die uns ankündigen: Das ist ein Berufener‹! Reine Bewunderung für sein Äußeres also«, stellt Jüre fest.

»Ob sie tatsächlich so *rein* war, die Bewunderung? Sie belegt jedenfalls, dass es gutaussehende Menschen im Leben leichter haben. Aber das muss ich einem Adonis ja nicht erklären.«

»Nein, das brauchst du wirklich nicht. Warum wohl suche ich seit Jahren erfolglos eine Anstellung als Schriftsetzer?«, antwortet er. »Und Brahms? Hat ihm sein Aussehen Ansehen gebracht? Fakt ist, dass er erst 15 Jahre nach dem überproportionierten

Schumannlob den Durchbruch schaffte. Mit dem ›Deutschen Requiem‹.«

»Immerhin«, sage ich. »Damit hat er sich doch noch sein Plätzchen auf dem Olymp der unsterblichen Musikgenies gesichert.«

Jüre widerspricht schon wieder: »Unsterblich? Erstens starb Brahms im Alter von 63 Jahren in Wien. Dort liegt er seither in einem feuchten Ehrengrab. Zweitens hat ihm ein berühmter Zeitgenosse eine Schaufel Dreck nachgeschmissen: ›Was liegt noch an Johannes Brahms? Sein Glück war ein deutsches Missverständnis: Man nahm ihn als Antagonisten Wagners – man brauchte einen Antagonisten!‹«

»Wer soll das gesagt haben?«, frage ich.

»*Also sprach* Friedrich Nietzsche«, antwortet Jüre pathetisch. Er tönt nach Übermensch. Ist das gut für einen Assistenten?«

4

Pünktlich um 13.30 Uhr stehe ich vor einer moosgrünen Villa aus der Jahrhundertwende und staune nicht schlecht.

Beim freundlichen Herrn, der mir die schwere Eichentür öffnet, handelt es sich um ein bekanntes Gesicht. Und das, obschon ich Herrn Auf der Maur bisher nicht persönlich kennengelernt habe. Ich muss nicht lange überlegen, woher mir seine markanten Züge vertraut sind. Der Mann, der kürzlich am Brahmsquai den Gärtner zum Reinigen der Bronzeplastik bewogen hat, ist mit meinem Gastgeber identisch. Er trägt einen weißen Ziegenbart und schütteres Kopfhaar. Ein staatsmännischer Riecher verleiht dem älteren Herrn Würde. Durch dicke Brillengläser trifft mich ein schwermütiger Blick. Seine Augendeckel sind auf Halbmast hängen geblieben. Insgesamt erinnert er mich an einen amtsmüden Parlamentarier.

Der Präsident der Brahmsgesellschaft bittet mich ins getäferte Entree. An den Wänden hängen goldgerahmte Veduten und Stiche mit Thunermotiven, dem alten oder neuen Schloss Schadau, dem mittelalterlichen Burgtrakt des Thuner Schlosses mit den vier schlanken

Ecktürmen und dem Hünegg, dem verspielten Jugendstilschlösschen.

Im gedämpften Licht einer Hängelampe aus opakem Glas eilt Auf der Maur in einen großzügigen Salon voraus. Hier riecht es angenehm nach Leder, Holzpolitur und Teppichwolle. Hohe Fenster eröffnen den Blick in einen parkähnlichen Garten.

»Nehmen Sie Platz, Herr Feller«, bittet er. Dazu macht er eine einladende Geste mit der rechten Hand. Auf einem chinesischen Tischchen mit kurzen O-Beinen dampft Tee aus rot-weißem Porzellan. Nur die braune Porzellankuh mit Rahm im gewölbten Leib steht deplatziert inmitten des aparten Services.

Ich sinke in den weichen Clubsessel und schaue ungeniert um mich. Ein schwarz lackierter Bösendorfer weckt meine Aufmerksamkeit. Auf dem imposanten Tasteninstrument liegen Notenblätter bereit. Die Tastatur aus vergilbten Elfenbein lädt zum Musizieren ein.

Der Gastgeber erhebt sich. Er setzt sich an den Flügel und beginnt zu spielen. »Was sagt Ihnen das?«

Jetzt wird der Tee kalt, befürchte ich. Nach ein paar Takten hält der Pianist aber inne und wendet sich zu mir um. Peinlicherweise genau in dem Augenblick, in dem ich unmissverständlich die Petits Fours mit den Augen verschlinge.

»Und?«

»Na ja, im Anschluss an Ihre telefonische Erkundigung nach meiner Brahmsliebe nehme ich an, dass Sie mir soeben etwas Entsprechendes intoniert haben«, mutmaße ich.

»Stimmt. Aber nicht *irgend*etwas. So klingen die ersten Takte der Sonate Nummer zwei für Klavier und Violine«, verkündet Auf der Maur. Erwartungsvoll mustert er mich.

Vermutlich werde ich seiner Erwartung wieder nicht gerecht. Was will er andeuten? Was soll ich verstehen? Worauf soll ich selbst kommen? Wie habe ich als Schüler solche Ratespiele gehasst!

»Opus 100, Herr Feller, die Thuner-Sonate!«

Davon habe ich tatsächlich schon gehört. Bloß ist mir die Komposition bisher nicht oft genug erklungen, um sie spontan zu erkennen.

»Jä so. Jetzt wo Sie's sagen«, brummle ich.

»Johannes Brahms wurde dazu durch die deutsche Altistin Hermine Spies inspiriert«, erklärt Auf der Maur weiter. »Sie hielt sich zu der Zeit am Thunersee auf. Ich glaube, in Interlaken. Europaweit galt sie als hervorragende Interpretin seiner Lieder. Ob er allerdings mehr in sie oder in ihren Gesang vernarrt war, lässt sich nachträglich nicht entscheiden.«

Noch bevor mir ein passender Kommentar einfällt, winkt mich der Brahmspräsi zu sich. »Schauen Sie sich die Partitur an, Herr Feller. Sie können doch Noten lesen?«

»Ich habe zehn Jahre Klavierunterricht genossen.

›Für Elise‹, den ›fröhlichen Landmann‹ und die ›Czerny-Etüden‹ hat es gereicht.«

Auf der Maur lacht.

Ich weiß seine Heiterkeit nicht recht zu interpretieren. Ist mein Repertoire nach seiner Auffassung zu banal oder zu basal?

Mit leichter Wehmut erinnere ich mich an meine österreichische Klavierlehrerin. Sie eröffnete mir als Zehnjähriger Einsichten und Einblicke, die mich die Vorzüge einer echten Weanerin haben kennen und schätzen lernen. Zum Beispiel die tiefen Einblicke in das Dekolleté ihres rosafarbenen Dirndls.

Als schmaler Jüngling saß ich auf einem hochgeschraubten Klavierstuhl. Blind haute ich in die Tasten, bis die unvergessliche Gerdl Krautsch um ihr Musikgehör fürchtete. Sie sprang auf und stellte sich direkt hinter mich. Liebevoll umfasste sie mich mit zwei kräftigen Armen, die aus gebauschten Puffärmeln ragten. Nachfolgend spielte sie mir vor, wie's klingen sollte. Selten habe ich mich auf ihr fehlerfreies Spiel konzentrieren können, denn im Pianissimo lastete ihr praller Busen wie ein barocker Balkon auf meinem unschuldigen Haupt. Im Forte fortissimo hingegen haute mir Gerdl ihre drallen Möpse hemmungslos um die Ohren. Oh, du liebe Krautsch! Haben deine Mozartkugeln etwa einen großen Pianisten verhindert?

*

Ich stehe neben dem Gastgeber am Flügel.

Mit leicht zittriger Hand wendet er ein erstes Notenblatt. Dabei segelt dieses unverhofft auf die Klaviatur. Auf der Maur erschrickt. Vergeblich versucht er zu verhindern, dass auch die restlichen Seiten nacheinander auf die Tasten flattern. Eigenartigerweise besteht das ganze Bündel aus losen Einzelblättern. Was noch mehr überrascht: die Noten sind allesamt von Hand geschrieben.

Bevor ich den Mund aufkriege, verkündet der Brahmspräsi mit bebender Stimme: »Lieber Herr Feller. Was Sie hier sehen, ist nichts Geringeres als Johannes Brahms' Originalpartitur!«

Ich reagiere mit einem subalternen »Wow!«

Auf der Maur guckt irritiert.

Darum dopple ich mit den Worten »potztausend« nach.

Jetzt strahlt er über alle vier Backen.

Ich erkundige mich: »Wie sind Sie an das Autograf rangekommen?«

»Gute Frage, Herr Feller. Die Umstände sind in der Tat etwas obskur. Das ist der eine Grund, warum ich Sie engagieren möchte«, erklärt er, ohne mir damit zu antworten. »Der andere basiert auf meiner Unsicherheit bezüglich der Echtheit der Handschriften.«

Ich nicke verständnisvoll: »Obskur? Was sind das für Umstände?«

Auf der Maur zögert. Er ordnet mit spitzen Fingern

vorsichtig die Notenblätter. Nach einem Räuspern sagt er: »Zwei Dinge muss man vorausschicken. Erstens haben wir es hier nicht mit der vollständigen Sonate zu tun, sondern lediglich mit dem zweiten und dritten Satz.«

»Wo bleibt der erste?«, frage ich.

»In einer polnischen Bibliothek. Der erste Satz konnte dort schon vor langer Zeit lokalisiert werden. Zweitens: Die beiden andern Teile haben bisher als verschollen gegolten. Ihr ungeahntes Auftauchen kommt also einer Sensation gleich.«

Ich warte gespannt.

»Es ist überliefert, dass Brahms jeweils mehrere Abschriften seiner Kompositionen anfertigte. Die Kopien verschickte er an Freunde und Freundinnen, um ihr geschätztes Urteil zu erfahren. So gesehen erstaunt, dass bis vor wenigen Tagen nur noch eine einzige Abschrift der Thuner-Sonate bekannt war. Jene in Krakau. Es lag stets im Bereich des Möglichen, dass irgendwann, irgendwo weitere Blätter auftauchen könnten. Et voilà!«

»Wie sind Sie an das Manuskript gelangt?«, wiederhole ich meine Frage. »Wer bietet es an? Zu welchen Konditionen?«

Mein Gastgeber windet sich.

Ich insistiere. »Sie werden verstehen, Herr Auf der Maur, dass ich mehr über die Umstände erfahren muss, die Sie in den Besitz der raren Blätter gebracht haben.«

»Damit kein Missverständnis aufkommt: Von Besitz kann keine Rede sein. Noch nicht. Mir ist die Sonate lediglich zur Prüfung überlassen worden. Ich entscheide, ob sie allenfalls für die Brahmsgesellschaft erworben werden kann.«

»Ist eine solche Anschaffung realistisch?«

»Von den Statuten her schon. Was unser Vermögen betrifft, vielleicht weniger. Es kommt darauf an, mit was für Preisvorstellungen wir konfrontiert werden. Bisher hat sich der Anbieter diesbezüglich bedeckt gehalten.«

»Um wen handelt es sich da eigentlich?«

»Eine berechtigte Frage.«

»Was soll das heißen? Ich nehme an, dass Sie ihn spätestens bei der Übergabe kennengelernt haben.«

Er zögert. »Hm, vielleicht.«

»Vielleicht? Wie meinen Sie das? Haben Sie ihn nun persönlich getroffen oder nicht?«

»Wie soll ich wissen, ob die Person, die mir die Noten ausgehändigt hat, auch der Anbieter oder gar der Besitzer ist? Möglicherweise habe ich es nur mit einem Laufburschen zu tun gehabt.«

»Das Ganze klingt sonderbar. Sie verstehen hoffentlich, wenn ich skeptisch bleibe.«

»Ja. Aber vergessen Sie nicht: Ein bisschen Geheimnistuerei ist im Kunst- und Antiquitätenhandel Usus. Der Verkauf alter Schriften gehört da irgendwie mit rein, oder?«

»Solang Sie keine Zahlung getätigt haben, liegt das Risiko ganz auf der Seite des Boten. Wie sah der aus?«

»Ein ungefähr 30-jähriger Mann mit östlichem Akzent.«

»Hm.«

»Hinsichtlich der Art und Weise, wie er zu den Blättern gekommen sei, hat er schlicht die Auskunft verweigert. Das ist mir schon etwas komisch vorgekommen.«

»Schlicht ist schlecht«, kommentiere ich.

Auf der Maur nickt. »Er meinte, es genüge doch, dass er mir verraten könne, wie *ich* zu den Blättern komme. Jedenfalls kenne er genügend andere Interessenten.«

»An wen hat er wohl gedacht?«

»Oh, da weiß ich eine ganze Reihe von Institutionen und privaten Sammlern, die auf sowas scharf wären. Die verschiedenen Brahmsgesellschaften beispielsweise oder die Universitätsbibliothek, in der sich bereits der erste Satz befindet.«

»Wo überall sind noch Brahmsgesellschaften aktiv?«

»Ich kenne nicht alle. Engere Kontakte pflegen wir nur zu Baden-Baden, zur Hamburger Gesellschaft und zum Brahmsarchiv in Lübeck. Aber ich weiß von der Existenz weiterer Gesellschaften in Asien und Übersee.«

»Was glauben Sie, warum als Erstes ausgerechnet Ihnen ein Angebot unterbreitet wird? Werden Sie für besonders solvent gehalten?«

Auf der Maur winkt ab. »Es liegt auf der Hand, die Komposition an ihrem Entstehungsort anzubieten, oder?«

»Verstehe. Da kann Ihre Gesellschaft nicht übergangen werden.«

Mir scheint, diese Tatsache erfüllt ihn mit Stolz.

Bezüglich der Mitgliederzahlen stehe es allerdings alles andere als rosig, gesteht der Präsident. »Jahr für Jahr sterben uns treue Brahmsjaner weg. Neueintritte sind kaum zu verzeichnen. Unsere Aktivitäten beschränken sich auf die jährliche Generalversammlung und ein kleines Konzert mit Werken des verehrten Meisters. Vor über 20 Jahren fand dieses noch in der Stadtkirche statt. Große Orchester intonierten ›Ein deutsches Requiem‹ oder die dritte Symphonie. Heute reicht mein Salon völlig aus, für Kammermusik im kleinen Rahmen. In zwei Wochen ist es übrigens wieder so weit. Wenn Sie sich den Termin schon mal vormerken wollen, Herr Feller.«

Ich notiere mir den Anlass. Mit Blick auf das Manuskript frage ich: »Und das da ist echt?«

»Hoffentlich. Ich kann das aber nicht beurteilen. Es scheint mir unumgänglich, dass jemand nach Krakau reist, um die beiden Sätze mit der dortigen Originalhandschrift zu vergleichen. Bedauerlicherweise habe ich dazu momentan absolut keine Zeit. Mein Lehrauftrag erlaubt während den Abschlussprüfungen keine Abwesenheiten. Darum habe ich an Sie gedacht, Herr Feller. Sie haben möglicherweise die zeitlichen Kapazitäten. Zweifelsfrei aber die erforderlichen Qualifikationen. Ich habe mir sagen lassen, dass Sie, abgesehen von Ihren Qualitäten als Privatdetektiv, ein erfahrener Grafologe und begabter Kalligraf seien.«

Bei so viel Lob läuten mir die Ohren im dreigestrichenen C. Mein Selbstwertgefühl schwingt in höchsten Frequenzen. Ich stottere zwei verlegene »Merci, merci«, als stünden sie vor einem Wiederholungszeichen.

5

Auf der Maurs formelle Anfrage liegt auf dem Tisch.

Ich nehme den Auftrag dankend an. Endlich eine würdige Herausforderung. Die Jagd nach den Sprayern werde ich ganz an Jürg Lüthi abtreten.

»Sobald Sie grünes Licht geben, erwerben wir das Manuskript. Unter dem Patronat der Gesellschaft wird später ein Konzert organisiert«, verspricht Auf der Maur. »Die Thuner-Sonate wird in der Originalfassung auf dem Programm stehen. Bernhard Bachmann, der Thuner Geigenvirtuose, ist als Wunschinterpret vorgesehen. Das weiß er allerdings noch gar nicht. Ich werde einen Live-Mitschnitt der Aufführung veranlassen, um danach eine CD herauszugeben. Diese Aufnahme dürfte der Gesellschaft einen schönen Batzen in die Kasse wälzen.«

»Tönt gut«, antworte ich. »Sie hätten nicht zufälligerweise eine alte Aufnahme und die neuen Drucknoten?«

»Selbstverständlich. Einen Augenblick bitte.« Auf der Maur erhebt sich. Leicht gebückt macht er ein paar unsichere Schritte zu einer antiken Truhe hin. Als er ihren Deckel öffnet, kommt eine verchromte HIFI-Anlage der Luxusklasse zum Vorschein. Ein gezielter Griff und mein Gastgeber hält triumphierend das Gesuchte in der Hand.

»Voilà! Die Aufnahme eines slowakischen Kammerensembles.« Er reicht mir die Einspielung in der Kunststoffhülle. »Bitte, Herr Feller.« Hiernach händigt er mir das verlangte Notenheft aus.

»Merci, Herr Auf der Maur.«

»Das Finanzielle ist im Vertrag geregelt. Falls Sie damit einverstanden sind, können Sie gleich unterzeichnen.« Er hält mir das Schreiben in zweifacher Ausführung und eine Füllfeder hin. Das Gewicht des kostbaren Schreibzeugs unterstreicht die Bedeutung des Auftrags. Ich zögere nicht eine Sekunde und schmeiße einen schwungvollen Haken unter die Vereinbarung.

»*Einen* Wunsch hätte ich allerdings noch«, wage ich anzufügen.

»Der wäre?«

»Dürfte ich für ein paar Tage auch die Originalpartitur mitnehmen?«

Sein Gesichtsausdruck drückt unmissverständlich Bedenken aus. Er verzieht die Mundwinkel zwar zu einem erzwungenen Lächeln, zeigt in der Augenpartie aber nicht die geringsten Fältchen. »Ich zöge es vor, Ihnen eine gute Fotokopie mitzugeben. Hier in diesem Briefumschlag liegt sie bereit.«

»Die nehme ich gerne. Ich halte es jedoch für erforderlich, dass Sie mir die Vorlagen zusätzlich anvertrauen. Die taktilen Qualitäten von Papier und Tusche beispielsweise kann ich nur am Original erfahren. Ich werde es mit der allergrößten Vorsicht behandeln. Für die sichere Aufbewahrung garantiere ich persönlich.«

Auf der Maur atmet schwer. Er hebt die buschigen Augenbrauen. Gleichzeitig rollt er seine schmalen Lippen nach innen. Hiernach nickt er kurz. »Einverstanden.« Er holt einen dunkelblauen Kartonschuber, dem er eine hellbraune Aktenmappe aus feinem Ziegenleder entnimmt. Vorsichtig legt er die Notenblätter hinein. Endlich überreicht er mir das Ganze. Feierlich.

Was die Papiere wohl wert sind?

»Fast hätte ich es vergessen«, fügt der Präsident an. »Der Überbringer des Materials gibt uns maximal eine Woche Zeit. Danach erwartet er einen Entscheid. Das bedeutet, dass Sie nicht darum herum kommen, unverzüglich nach Polen zu reisen. Am besten tätigen Sie noch heute eine Voranmeldung an der Krakauer Universitätsbibliothek.«

»Verstehe. Eine letzte Frage. Was für einen allgemeinen Eindruck hat der Mann auf Sie gemacht?«

»Sie meinen den Notenboten mit den Notenbogen?«, fragt Auf der Maur und schmunzelt. Dazu schweift sein Blick zum Entree, als stünde der gestrige Besucher noch heute auf dem schweren Teppich. »Nun, er hat einen ruhigen, fast schüchternen Eindruck hinterlassen. Groß, schlank, dunkle Haare. Er trug Bluejeans, ein offenes schwarzes Hemd und ein dunkles Leinensakko. Im Nachhinein hat er mich an diesen Schauspieler erinnert, diesen … ähm … wie heißt der doch gleich …«

Ich nicke erwartungsvoll.

»Er glich dem freundlichen Hotelier im amerikanischen Hinterland, der dort unfreundlicherweise eine Frau ersticht.«

»In der Dusche etwa?«

»Genau dort.«

»Sie sprechen von Anthony Perkins in ›Psycho‹?«

»Voilà! Diesen Hitchcock-Streifen meine ich.«

»Keine besonders vertrauensbildende Referenz für unseren Notenboten«, finde ich.

*

Mein Assistent organisiert die Reise nach Krakau. Danach äußert er einen besonderen Wunsch.

»Hanspudi, könntest du in Polen allenfalls Unterstützung gebrauchen?«

Ich winke ab. »Nein danke. Ich fliege kurz hin, gehe schnurstracks in die Bibliothek und kehre so rasch als möglich zurück. Das ist alles. Ich kann's gut allein. Du brauchst mich nicht zu begleiten.«

»Ich habe nicht an mich gedacht«, erwidert er. »Ich möchte dich bitten, unseren Adoptivsohn Stefan mitzunehmen. Wie du weißt, wurde er vor 15 Jahren in der Nähe von Krakau geboren.«

Die Vorstellung, bei meiner gezielten Mission einen Halbwüchsigen mitzuschleppen, behagt mir nicht besonders. Ich werde kaum Zeit finden, mich um ihn zu kümmern. Andererseits kann ich einem Freund diesen Wunsch nicht abschlagen. Umso weniger, als er in der Zwischenzeit den leidigen Auftrag des Rathauswirts zu erledigen verspricht. Also willige ich ein.

Jüre bedankt sich und ergänzt: »Selbstverständlich komme ich für Stefans Kosten selbst auf.«

»Das brauchst du vermutlich nicht. Ich werde Auf der Maur die Notwendigkeit eines Begleiters schon plausibel machen.«

6

Nach dem Telefongespräch mit meinem Assistenten versorge ich das Handy in der Hosentasche.

Ich setzte mich wie gewohnt auf eine sonnige Parkbank am Brahmsquai, unweit meiner Mietwohnung, in der es um diese Zeit noch schattig ist. Die Kopien des Manuskripts habe ich dabei. Ich unternehme einen ersten Versuch, die Handschrift Brahms zu charakterisieren. Schließlich will ich in Krakau gut vorbereitet sein und mich vor dem Bibliotheksleiter keinesfalls blamieren.

Nach einer Weile weckt ein Fußgänger meine Neugierde, der über den kurzgeschnittenen Rasen auf die Statue zusteuert. In der Hand trägt er eine kleine, silberfarbene Digitalkamera. Damit beginnt er, die Brahmsrösi von allen Seiten abzulichten. Es hat den Anschein, als erwarte er jeden Augenblick den Abmarsch der kühlen Nackten. Falls sein Interesse an der Anzahl der Aufnahmen zu messen ist, gilt er abgesehen vom reinlichen Brahmspräsi als ihr obsessivster Fan. Hoffentlich bereitet da nicht ein Vandale gerade seinen nächsten Anschlag vor. Besorgt fummle ich an der linken Augenbraue und gebe keine Ruh, bevor ich nicht ein Härchen zu fassen kriege.

Das wird so lange um die eigene Achse gezwirnt, bis es sich aus seiner Verwurzelung löst. Dieses autodestruktive Ritual steigert bekanntlich meine aktuelle Hirnleistung.

Inzwischen hat der Bildjäger anscheinend genug geknipst. Er macht ein paar Schritte und schaut ängstlich um sich. Darauf widmet er sich einer Gedenktafel über einem kleinen Brunnen. Erst kürzlich habe ich sie mir genauer angesehen, nachdem ich jahrelang achtlos daran vorbeigegangen bin.

›Hier in einem 1933 abgebrochenen Hause
lebte und komponierte in den Sommern 1886–1888
JOHANNES BRAHMS
Du hast dies Land
sangfroh seit alter Zeit
mit deinem Lied zu neuem Ruhm geweiht.
J. V. Widmann‹

Wie würde man heute sowas formulieren? Wer würde die passenden Worte finden? Wer war J. V. Widmann?

*

In dem Moment, als ich mich auf meiner Parkbank wieder den Fotokopien zuwende, schießt mir ein beunruhigender Gedanke durch den Kopf. Augenblicklich stellt sich in meiner Hirnschale eine Leere ein. Darin wiederhallt ein Name wie das Echo in den Tropfsteinhöhlen des heiligen Beatus: Perkins! Perkins! Der Typ von vorhin zeigt eine frappante Ähnlichkeit.

Mein Mobiltelefon vibriert.

Jürg Lüthi verkündet frohgemut: »Hanspudi, euer Flug startet morgen Nachmittag um 13.55 Uhr ab Zürich. Ich werde dich und Stefan mit dem Auto hinbringen, wenn's dir recht ist.«

Das ist es mir. Hingegen weiß ich nicht, was ich von dem Herumschleichen des eifrigen Fotografen halten soll. Diskret lasse ich die Notenblätter in der Mappe verschwinden. Argwöhnisch beobachte ich Perkins' Aktivitäten. Er gibt vor, das Metallschild bei einer frisch gepflanzten Weide zu entziffern. Der Brahmsbaum ist zum 100. Todestag des Komponisten dank Spendengeldern gepflanzt worden. Zusätzlich zum Brahmsquai, zum Brahmsweg, zum Brahmsbrunnen und zur Brahmsrösi. Nur das Brahmshaus ist weg.

Als der Fotograf an mir vorbeischleicht, treffen sich unsere Blicke. Seine tiefdunklen Augen mustern mich feindselig. Ich werde das ungute Gefühl nicht los, dass er mich kennt.

Ursprünglich hatte ich beabsichtigt, die Originale nach Krakau mitzunehmen. Auf der Maur hat nachträglich interveniert. Lediglich die Kopien sollen auf Reisen gehen. In dem Fall benötige ich dasManuskript nicht mehr. Nach der Begegnung mit Perkins frage ich mich zudem, ob die Papiere in meiner Wohnung sicher sind. Wäre es nicht klüger, sie zurückzugeben?

Kurzfristig ist der Brahmspräsi nicht mehr erreichbar. Er steckt nun mitten in den Examen.

Am gescheitesten gebe ich die Originale darum einer unbeteiligten Person in Obhut. Sofort kommt mir ein befreundeter Musiker in den Sinn, Bernhard Bachmann, der Paganini der Schweizer Alpen. Er wohnt in der Gemeinde Oberhofen, ein paar Kilometer seeaufwärts. Er gilt mir als absolut vertrauenswürdig und zuverlässig. Vermutlich freut er sich sogar über das exklusive Depositar. Ich zögere nicht. Entschlossen springe ich von der Sitzbank und eile nach Hause.

Umgehend rufe ich Bachmann an. Ich trage ihm mein Anliegen vor. Er erklärt sich bereit, während meiner Abwesenheit den Brahms zu hüten. Weitere Fragen stellt er keine. Wie selbstverständlich empfängt er mich kurz darauf in seinem Eigenheim. Ich überreiche ihm den Schuber. Vorsichtig lässt er die Ledermappe herausgleiten. Erwartungsvoll klappt er sie auf und mustert das Deckblatt. »Unglaublich. Das Original!«

»Das muss sich erst weisen«, relativiere ich. »Morgen früh fliege ich nach Polen. Wenn es dort gut läuft, wissen wir am Abend mehr.«

7

Meine schwarze Reisetasche steht bereit.

Ich studiere die Unterlagen, die Jüre bei Rico Reisen besorgt hat. Offenbar stehen keine Direktflüge zur Verfügung.

Die Maschine startet am Sonntagnachmittag um 13.55 Uhr Richtung Frankfurt am Main. Dort haben wir einen Aufenthalt von einer Stunde und 50 Minuten, bevor wir nach Krakau-Balice weiterfliegen. Um 18.25 Uhr erreichen wir unser Ziel. Mit 360 Franken für Hin- und Rückflug kommen wir glimpflich davon. Unser Financier wird es zu schätzen wissen.

Das Hotel befindet sich in Gehdistanz zur Altstadt, in der Gertrudystraße Nummer 6. Es trägt den krautigen Namen Planty. Das Dreisternehaus verfügt über 75 Zimmer, ein Restaurant und eine Bar. An der werde ich meinen Schützling vorbeizuschleusen suchen. Unsere Bleibe liegt nahe der Bibliothek. Ein Rendezvous mit Professor Marczyński, dem Leiter der Bibliothek, ist für morgen 9 Uhr vorgesehen.

Alles liegt parat. Ich schiebe die geliehene CD in den Player und lasse mich entspannt zwischen die Sofakissen fallen. Konzentriert lausche ich dem Thunerländler. Wohlfühlen im Dreivierteltakt.

Das Klavier eröffnet das Allegro amabile mit vier verhaltenen Takten, worauf die Violine mit zweigestrichenem Fis und drei absteigenden Achtelnoten antwortet. Als wär's ein Nachseufzer. Die Geige scheint die Stimme einer Frau zu intonieren. Meldet sich die Altistin zu Wort?

Mit der markanten Pianostimme verschafft sich Brahms Gehör. Seine Melodie trägt Liedcharakter. Tatsächlich sollen hier die Brahmslieder ›Wie Melodien zieht es mir leise durch den Sinn‹ und ›Komm bald‹ Verwendung gefunden haben. Wie zwei verliebte Schwäne turteln die Instrumente im gleitenden Wohlklang. Zum Schluss überrascht ein Stimmungswandel. Das furiose Finale kündet Misstöne an. Worüber streiten sich Hermine und Johannes?

Das Andante tranquillo tönt nicht so tranquillo. Vielmehr scheinen im zweiten Satz offene Fragen diskutiert zu werden. Mollklänge trüben die Stimmung. Mit gezupften Saiten akzentuiert die Violonistin jeden Ton einzeln. Gezupft und leicht betupft? Johannes brummt. Hermine schmollt. Dann egalisiert ein kurzes Vivace ihre Meinungsverschiedenheiten.

Drohen im Allegretto grazioso neue Schwierigkeiten? Das Piano räumt sie weg. Zuversicht und Vertrautheit machen sich breit. Die beiden Stimmen finden endlich einen sehr vernünftigen Tonfall. Er gipfelt im finalen Forte. Wie war das genau mit den beiden? Wie *forte* schlugen damals die Herzen füreinander?

8

Das kleine Doppelzimmer im zweiten Stock des Hotels Planty bietet einen schönen Blick auf die Parkanlage gleichen Namens.

Stefan testet als Erster die Betten. Er hechtet in hohem Bogen auf die linke Matratze. Päng! Ein lauter Pistolenknall lässt uns augenblicklich erstarren! Was ist passiert?

Mit seinem Sprung hat er eine schmale Holzleiste aus dem Rahmen gespickt. Glücklicherweise kein Schuss! Prustend und pustend schieben wir die schwere Matratze zur Seite. Mit vereinten Kräften biegen wir das Brett ins Bettgestell zurück. Falls wir keine weiteren Zerstörungen verschulden, werden wir es hier drei Nächte aushalten.

»Stefan, hast du Hunger?«, frage ich.

»Eigentlich schon. Essen wir im Hotel?«

»Nein, heute nicht. Ich schlage vor, wir machen erst einen kleinen Bummel durch die Altstadt und suchen uns danach eine gemütliche Beiz.«

Der Junge ist mit meinem Vorschlag einverstanden. Er zieht einen braun-orangen Kapuzenpulli über das schwarze T-Shirt, richtet seine tiefsitzenden Schlabberjeans und montiert eine hellblaue Baseballmütze mit auffälligem Logo. Ich schlüpfe in meine karminrote Sportjacke mit dem gestickten Reptil, die ich schon auf dem Hinflug getragen habe. Je älter man wird, desto mehr sollte man sich in der Kleidung auf Primärfarben konzentrieren. Keinesfalls sollte man auf Grau- und Beigetöne zurückgreifen. Zu sehr haftet diesen Farben das fragwürdige Flair helvetischer Durchschnittlichkeit und mittelständischen Frührentnertums an. Da möchte ich in den nächsten Dekaden noch nicht dazugezählt werden. Stefan scheint's ohnehin nicht zu kümmern, solange ihm mein Outfit nur nicht peinlich ist.

Ein griesgrämiger Himmel ergießt seinen Missmut über die Stadt. Dennoch verlassen wir unser Hotel gutgelaunt. Wir schlendern über endloses Kopfsteinpflaster historischer Gassen. Die gut erhaltenen Gebäude beeindrucken. Sie weisen auf die glückliche Tatsache, dass Krakau während des Zweiten Weltkriegs kaum bombardiert wurde. Das Bewusstsein darüber, dass wenige Kilometer entfernt einst die Baracken von Auschwitz erstellt wurden, macht nachdenklich. Wenn uns Zeit bleibt, werden wir hinfahren. Stefan soll für Geschichte sensibilisiert werden. Eine amerikanische Umfrage hat ergeben, dass ein erschreckend hoher Prozentsatz von Teenagern noch nie von diesen Konzentrationslagern gehört hat. Guantánamo wird ihnen gegenwärtiger sein.

Als ein amerikanisches Hamburgerlokal auftaucht,

schlägt mein Begleiter vor, uns dort zu verpflegen. Ich winke entschieden ab. Wir finden eine sympathische Alternative, in der sogar das polnische Nationalgericht Bigos serviert wird.

»Lass es uns probieren, wenn wir schon mal zusammen in Polen sind. Hamburger kannst du wieder essen, wenn du allein unterwegs bist«, schlage ich vor.

»Easy. Hab nur gedacht, wir könnten beim Essen sparen, um an der Bar flüssig zu bleiben.«

Das war hoffentlich ein Scherz.

Später fragt Stefan nach den Zutaten. Ich kann ihm auch nicht weiterhelfen.

»Wagen wir es einfach. Ich werde mich nach dem Essen danach erkundigen.«

»Zum Glück sprichst du fließend Polnisch«, spottet der Junge.

Ich dränge: »Wart's ab. Los, komm jetzt, sonst verhungere ich.«

Stefan mustert mein Bäuchlein. Einen Kommentar erspart er mir.

Der Kellner spricht Deutsch. Er zählt uns die deftigen Zutaten des Eintopfs auf: Speck, Räucherwurst, Schweinefleisch, Weiß- und Sauerkraut. Dazu eine kriminell hohe Dosis an Zwiebeln.

Der verzogene Schnösel verzieht sein Gesicht. Vergeblich.

Ich ermuntere Stefan wie einen angeschlagenen Helden in einem Actionfilm: »Da musst du durch, mein Junge!«

*

Am nächsten Morgen liegt Nebel über der Stadt. Für die Jahreszeit ist es eher kühl.

Ich will keine Zeit verlieren und pünktlich zur Biblioteka Jagiellońska aufbrechen. Die kürzeste Route dorthin habe ich zu Hause auf einem Stadtplan studiert. Als Stefan und ich um 8.30 Uhr aufbrechen, wenden wir uns vor dem Hotel zielsicher nach rechts. Wir marschieren rund 100 Meter bis zur Einmündung der Dominikańskastraße. Dort biegen wir links ab und streben gegen einen Platz. Hier wird auf einer Freiluftbühne gerade ein Soundcheck durchgeführt. Aus kolossalen Lautsprechern, die links und rechts an hohen Metalltürmen hängen, ertönen vielversprechende Jazzakkorde.

Stefan möchte sich das anhören und drängt zur Bühne. Ich werfe einen unruhigen Blick auf meine Uhr und folge ihm nur unwillig. Ich habe einen Auftrag und einen Termin. Bei der Tribüne hängt ein Plakat: Jazz Festival Krakau. Letni Festiwal Jazzowy. Schade, dazu fehlt uns die Zeit.

Ich dränge zum Aufbruch.

Nach 200 Metern verengt sich der Konzertplatz zur Franciszkańskastraße. Ihr folgen wir bis zur

Straszewskiego, wo wir rechts abbiegen und die Marszałka Józefa hinauf marschieren. Was für Zungenbrecher, diese Straßennamen!

Mein Begleiter zeigt sich von der neuen Umgebung beeindruckt. Ob dabei der Gedanke einer Heimkehr in die unbekannte Heimat eine Rolle spielt? Fühlt er sich mit seinem Geburtsland verbunden? Nie zuvor habe ich ihn in vergleichbarer Verhaltenheit erlebt. Ich hüte mich, ihn darin zu stören. Zudem habe ich mit Kartenlesen momentan genug zu tun.

20 Minuten später landen wir in der Aleja Adama Mickiewicza, an der wir die Universitätsbibliothek mit der berühmten Autografen-Sammlung finden sollten. Tatsächlich erkenne ich nach wenigen Schritten den imposanten Bau. Die Fassade ist mir aus dem Internet vertraut.

»So, Stefan. Da wären wir.«

»Muss ich mit rein?«

»Nein. Du könntest inzwischen die Umgebung erkunden. Beispielsweise den Park da.« Ich zeige ihn auf der Karte. »Einfach zu finden. Die Anlage liegt gleich hinter der Bibliothek.«

»Easy. Kann ich mal checken. Wann bist du hier drinnen fertig?«

»Ich weiß nicht genau. Wie gesagt, habe ich gleich anschließend das Treffen mit dem Bibliotheksleiter. Das wird vermutlich keine Stunde dauern. Danach hoffe ich, den Brahms vorgelegt zu bekommen. Ich werde ihn mit meinen Kopien und den Drucknoten vergleichen. Bis zum Mittag sollte ich das schaffen. Anschließend komme ich zu dir in die Gartenanlage. Schau hier, der nierenförmige Teich. Punkt 12.00 Uhr treffen wir uns an seiner schmalsten Stelle. Einverstanden?«

»Geht klar. Hoffentlich gibt's Enten auf dem Tümpel. Ich möchte meine Treffsicherheit fürs Compy-Game verbessern«, sagt Stefan und grinst.

Verständnislos mustere ich den Spitzbuben. »Was für eine Treffsicherheit?«

Er antwortet in Bildern: »Vorher: Steinchen in der Hand. Nachher: Entchen unter Wasser.«

Ich schüttle den Kopf. »Mach bloß keine Dummheiten. Sonst muss ich dich am Ende noch auf der Polizeiwache abholen.«

9

Der Haupteingang der Biblioteka Jagiellońska wirkt einschüchternd.

Auf der Mittelachse eines langen, symmetrischen Flachdachbaus mit lanzettförmigen Fensterreihen beeindruckt das sechs Meter hohe Portal als Zentrum eines vorgelagerten Fassadenkomplexes. Über den beiden Flügeln der sechsfach kassettierten und dick verglasten Eingangspforte steht in plastischen Großbuchstaben der Name der altehrwürdigen Institution. Ein Oberlicht in der Breite der beiden Türflügel ergänzt den Bereich. Seitlich wird die Pforte von je vier übereinandergestapelten dunklen Steinplatten flankiert. Das Ganze wird von einem stufenförmigen Rahmen wie mit einem bruchsicheren Stahlband umfasst und erinnert an einen überdimensionalen Kassenschrank. Die Pforte der Schweizer Nationalbank könnte nicht eindrücklicher gestaltet sein.

Ich melde mich an der Information.

»Dzień dobry«, grüßt die Frau am Schalter.

»Mein Name ist Hanspeter Feller. Ich komme aus der Schweiz und habe einen Termin bei Professor Marczyński.« Seinen Namen habe ich mir kurz zuvor nochmals mithilfe eines Fresszettels in Erinnerung gerufen.

Sie nickt wortlos und tippt mit dem versteiften Mittelfinger der rechten Hand auf eine Tastatur. Dazu verfolgt sie die kleinen schwarzen Zeichen auf dem Bildschirm, als staunte sie über das Wunder der digitalen Technik.

»Tak. Here we are, Mister Fetter. Office Number 1586.«

Die Büronummer überfordert mich derart, dass ich es unterlasse, meinen Namen zu berichtigen. Stattdessen repetiere ich: »Eins, fünf, sechs ... Ähm?«

Sie wiederholt geduldig die richtigen Zahlen. Ich stammle dankbar »Dziekuje«, in der Annahme, es heiße ›Danke‹. Aber da habe ich möglicherweise einen Aussprachefehler begangen. Die Dame guckt mich jedenfalls einen Augenblick verstört an, bevor sie sich nach hinten lehnt, um nach einer Elena zu rufen.

Eine freundliche, ältere Dame mit Mondgesicht erscheint umgehend. Sie grüßt auf Deutsch und begleitet mich zum Treffen. Wir durchschreiten die langen, finsteren Gänge des Altbaus und den wundervoll hellen Lesesaal eines modernen Tracks. Hier sitzen junge Menschen an alten Computern. Sie unterhalten sich mit gedämpfter Stimme. Schließlich klopft Elena an eine dunkle Holztür, öffnet sie und lässt mich in ein verwaistes Besprechungszimmer eintreten. Mitten im Raum stehen zwei aneinandergeschobene Schreibtische auf dunklem Parkettboden. Die Pulte sind total leer. Vier Flechtstühle scharen sich darum.

Elena rückt mir einen Stuhl zurecht und verspricht: »Chef kommen sofort.« Darauf gönnt sie mir den Anflug eines Lächelns und entschwindet.

Eine Seite des Raums ist vollständig verglast. Die andern drei Wände überziehen deckenhohe Bücherregale. Nur die Tür durchbricht die Formation der bunten Buchrücken. Eigenartigerweise riecht es nicht nach alten Folianten, sondern nach Desinfektionsmittel. Wie in einem Spital. An der Decke reihen sich fünf kreisrunde Neonleuchten wie flache Hutschachteln aneinander.

Zwischendurch streckt mal ein Typ seinen Kopf ins Zimmer. Er stottert verwirrt so was wie »Cz-Cześć!« und verschwindet. Bevor ich mir darüber weitere Gedanken mache, erscheint ein mittelgroßer Herr im ockerfarbenen Cordanzug im Türrahmen. Dynamisch eilt er auf mich zu und reicht mir die Hand. »Herr Feller? Marczyński. Freut mich, Sie kennenzulernen.«

Nach ein paar weiteren Höflichkeitsfloskeln trage ich ihm mein Anliegen vor. Als ich dem Professor vom Auftauchen der verschollenen Sonatensätze berichte, reagiert er mit großer Überraschung und kleinen Vorbehalten. Er macht den Eindruck, bisher nichts von der Existenz des Autografs gewusst zu haben.

»Darf ich mir die beiden Sätze ansehen?«, fragt Marczyński fast als Erstes.

»Gerne. Ich habe allerdings nur Fotokopien dabei.«

»Oh, wie bedauerlich.« Begreiflicherweise wirkt er enttäuscht.

»Das Risiko, die Originale außer Landes zu bringen, habe ich nicht eingehen dürfen. Ich bitte Sie um Verständnis, Herr Professor.«

Nur oberflächlich blättert er darauf die Kopien durch und erkundigt sich: »Was wollen Sie dann vergleichen? Kopien mit Originalen? Glauben Sie wirklich, so die Ungewissheit ihrer Echtheit klären zu können?«

Für seine Zweifel habe ich Verständnis und will sie entkräften. »Ich habe mir die Papiere vor der Abreise sehr genau angesehen. Ich weiß, worauf ich zu achten habe. Und die Handschrift lässt sich meiner Meinung nach anhand der Kopien ausreichend beurteilen.«

»Nun, das müssen Sie wissen. Sie werden verstehen, dass ich gerne die Originale in Händen gehabt hätte. Ist Ihnen bekannt, wer sie in der Schweiz zu veräußern sucht?«

»Nein. Ich kenne den Anbieter nicht persönlich. Herr Auf der Maur, der Präsident der Thuner Brahmsgesellschaft, pflegt aber den Kontakt. Angeblich soll es sich um einen jüngeren Mann handeln, der möglicherweise aus dem Ostblock stammt.«

Er meint nach kurzer Pause: »Ich schlage vor, dass Ihnen meine Mitarbeiterin nun unser Manuskript aus dem Archiv holt. Schon wieder, wie ich anmerken muss.«

»Wie meinen Sie das?«, frage ich verwundert.

»Bereits gestern hat sich jemand genau das gleiche

Dokument vorlegen lassen. Brahms scheint in Mode zu kommen.«

Die Mitteilung des Professors beunruhigt mich. Trägt sie den Keim unnötiger Schwierigkeiten in sich? »Könnten Sie mir diesen Besucher beschreiben?«

»Kein Besucher. Eine Besucherin«, präzisiert er. »Eine Dame in den frühen 50-ern. Mittelgroß, schlank, fast mager. Dunkel gefärbte Haare. Eine gepflegte, stilvollendete Erscheinung. Sie trug einen dunkelblauen Hosenanzug. Falls Ihnen diese Angaben irgendwie dienlich sind.« Dazu lächelt er bescheiden.

»Oh ja. Ich glaube schon. Früher oder später. Besten Dank.« In Wahrheit habe ich keinen Schimmer, um wen es sich handeln könnte.

Marczyński verabschiedet sich mit den Worten: »Ich wünsche Ihnen einen angenehmen Aufenthalt in Krakau und eine gute Rückreise in die Schweiz.«

Damit wird deutlich, dass die Angelegenheit für ihn bereits erledigt ist. Für mich fängt sie erst richtig an. Wer zum Henker war diese mysteriöse Besucherin? Wozu hat sie sich die Urschrift vorlegen lassen?

10

Elena taucht mit einer Aktenmappe auf.

Sie zieht weiße Baumwollhandschuhe über und entnimmt der Mappe die Handschriften. Auch mir hat sie ein Paar Handschuhe mitgebracht. Unnötigerweise mahnt sie mich zur Vorsicht. Daraufhin entfernt sie sich. Man scheint mir zu vertrauen. Ich suche in meiner Jacke nach einer großen Lupe, lege meine Fotokopien links neben die Originale und beginne mit deren Prüfung. Zusätzlich konsultiere ich eine Druckfassung der Edition Peters. Diese vergleiche ich Takt für Takt mit der Notation des Allegro amabile.

Was mir am Original sofort auffällt, ist seine Farbe. Der erste Satz wurde auf gelblichem Papier verfasst. Die andern beiden Sätze hingegen auf bräunlichem. Obschon ich die entsprechenden Manuskripte in der Schweiz zurückgelassen habe, bin ich mir in diesem Aspekt absolut sicher. Mein Erinnerungsvermögen täuscht mich in punkto Farbtöne selten. Falls die Thuner Papiere tatsächlich aus Brahms' Hand stammen, könnten sie wegen der Farbdifferenz Teil einer zusätzlichen Abschrift darstellen. Immerhin stimmen aber die grafologischen Charakteristika auf allen Seiten weitgehend überein.

Ich kann mir nur schwer vorstellen, dass ein Fälscher derart dilettantisch vorgegangen wäre und sich schon bei der Papierwahl vergriffen hätte. Im Gegenteil. Vermutlich suchte er die Übereinstimmung der Papierqualitäten um jeden Preis zu garantieren. Er würde Leerseiten aus alten, kostbaren Büchern schneiden, die präzise datiert sind und dadurch auch chemischen Altersbestimmungen standhielten. Oder handelt es sich um einen superschlauen Typen, der genau diese Überlegungen vorweggenommen und mit heimtückischer Schlauheit absichtlich unterschiedliche Papiere verwendet hat?

Ich widme mich dem ersten Satz der Sonate. Schwungvoll hingeworfene Phrasierungen, flache Notenköpfe, fein gezeichnete Taktstriche, die sich alle leicht nach rechts neigen, wie Gräser im Wind. Kaum Korrekturen. Die gekritzelten Tempi, teilweise noch zusätzlich unterstrichen, mit energischen Linien. Ihre Ausrichtung verrät den Rechtshänder. Schließlich Brahms' Signatur: Ein gut lesbarer, sauberer Schriftzug in flotter Schräglage. Das große J deutlich abgesetzt vom restlichen ›ohannes‹. Der ausladende Unterbogen des ersten Buchstabens erinnert an ein Becken. Für Johannes ein Taufbecken?

Der Familienname wirkt geschlossener und kompakter. Bei meinem Gutachten geht es um die Frage, ob die Schweizer Schriften aus derselben Feder stammen könnten, mit der auch das Krakauer Manuskript verfasst wurde. Falls dies zuträfe, wäre die Echtheit so gut wie belegt.

Ich blättere vorsichtig in den Notenblättern. Dann halte ich unvermittelt inne, konsultiere die Druckfassung und nehme erneut das Original zu Hand. Ein bestimmtes Detail irritiert mich. Liegt da nicht ein Widerspruch zwischen Original und Druckfassung vor? Ich gebrauche die Lupe. Tatsächlich! Zweifel sind ausgeschlossen.

Während in der Edition im Takt 49 der Pianostimme un poco calando steht, findet sich diese Bemerkung im Autograf lediglich in der Violinstimme wieder. Verkürzt als poco cal. Die Dreiviertelpause der verstummten Begleitung wird von der Violine mit den drei kleinlauten Tönen gis-a-ais überbrückt. Teneramente übernimmt das Piano den Melodiebogen. Die Saiten der Violine warten zwei Takte lang auf ihren piano-dolce-Einsatz.

Hat Johannes Brahms in der Pianostimme bewusst auf den entsprechenden Hinweis verzichtet? Oder hat er sie im Fluss des kreativen Akts stillschweigend untergehen lassen? Hat er sich darauf verlassen, dass ein zuverlässiger Kopist die fehlende Anmerkung vor der entscheidenden Drucklegung hinzufügen würde?

Aber das ist noch nicht alles. Ein weiterer Unterschied zwischen Druck- und Handschrift fällt mir jetzt ins Auge. Im Allegretto grazioso quasi andante weicht sechs Takte vor Schluss die Notation der Violinstimme von der Druckversion ab. Kurz nacheinander wird die unbetonte Achtelnote auf eine 16tel-Note abphrasiert und mit einer 16tel-Pause ergänzt. In der Edition Peters dagegen macht nur eine Fußnote auf diese Ausführungsvariante aufmerksam. Ich frage mich darum, ob Brahms' Notation nachträglich verändert wurde. Spricht der Beleg der staccatierten Ausführung für die Echtheit des Autografen? Oder hat ein Fälscher im Dilemma abweichender Varianten einen Fehlentscheid getroffen?

Nervös schaue ich mich um, als stünde ich unter permanenter Videoüberwachung. Fest steht, dass weder im ersten, noch beim dritten Satz ein Zaudern der Federschrift zu erkennen ist. Erst recht finden sich keine Anzeichen von Korrekturen. Die alten Noten wirken wie aus einem Guss. Sie behalten das Geheimnis, wer ihnen eine eigene Note verabreicht hat, bis auf weiteres für sich. Gedruckt wurden sie jedenfalls in der überarbeiteten Fassung. Das steht fest.

Ein ketzerischer Gedanke schießt mir durch den Kopf. Müsste an Stelle der beiden neu entdeckten Sätze allenfalls die Authentizität der *polnischen* Papiere überprüft werden? Könnten sich die Thuner Manuskripte als echt und der Krakauer Satz als Fälschung erweisen? Was für eine Blamage für die ehrenwerte Universitätsbibliothek, sollte sich herausstellen, dass seit Jahren wertlose Makulatur archiviert würde.

Mit dieser Hypothese mache ich mich bei Professor Marczyński mit Sicherheit unbeliebt.

Vorerst gehe ich aber davon aus, dass die Krakauer Dokumente aus dem Besitz des Verlegers Fritz Simrock stammen. Er publizierte 1887 in Berlin die Erstauflage. Warum ist die Partitur nur unvollständig erhalten geblieben?

Gesichert ist hingegen die Erkenntnis, dass Brahms eine Abschrift an Elisabeth von Herzogenberg verschickt hatte. Sie war mit dem Komponisten Heinrich Freiherr von Herzogenberg verheiratet und galt als große Musikförderin. Brahms hielt viel auf ihr Urteil. Mit Charme schaffte sie es, dem leicht Gekränkten auch kritische Punkte nahezubringen. Von ihrer Meinung konnte Brahms die Herausgabe oder Zurückhaltung eines Werks abhängig machen. Elisabeth war ihm die konkurrenzlos beste Beraterin. Besser noch als Clara Schumann oder Hermine Spies.

Für Elisabeth stellte es eine Gratwanderung dar, sich die Verehrung von Brahms gefallen zu lassen, ohne gleichzeitig den eigenen Ehemann in ein schlechtes Licht zu rücken. Dieser erhoffte sich Aufmerksamkeit für seine eigenen Kompositionen. Genau dieses Interesse versuchte Elisabeth bei Brahms zu wecken. Dem Fortbestand der Ehe zuliebe. Um jeden Preis. So soll sie selbst vor Diebstahl nicht zurückgeschreckt sein. Der kriminelle Ausrutscher passierte anlässlich eines Besuchs beim Meister in Pörtschach.

Dort habe sie heimlich Brahms' Motette ›Warum ist das Licht gegeben‹ mit einem Werk ihres Mannes vertauscht. Als Johannes den Tausch bemerkte, rechtfertigte sich Elisabeth mit der Entschuldigung, lediglich den Anstoß zur Durchsicht der Papiere gegeben zu haben. Brahms verzieh ihr. Er bewunderte ihre vorbehaltlose Liebe zum Ehemann, ihr diplomatisches Geschick und ihre ungewöhnliche musikalische Begabung.

Mit 13 Jahren soll sie sich Schumanns ›Eichendorfsche Lieder‹ ausgeliehen haben. Heute würde man die Noten fotokopieren. Damals aber memorierte sie das Mädchen in Rekordzeit. Es notierte mit Stolz: ›… die ganzen zwei Hefte in einem Saus und wie ich froh war, dass das so fabelhaft rasch ging.‹

Weiter habe Elisabeth dem Konzertmeister des Leipziger Gewandhauses Brahms' erstes Streichquartett auf dem Klavier vorgespielt. Natürlich auswendig. Nur um ihn zur Aufführung des Werks zu bewegen. Zudem war sie imstande, aus schwer lesbaren Partituren Klavierauszüge zu generieren. Auch das Paper der Thuner-Sonate ging durch ihre Hände. Brahms bat schriftlich um eine Kritik. Was hat sie ihm darauf geantwortet? Schickte sie ihm zusammen mit ihrem Urteil auch die Papiere retour? Oder verblieben sie in ihrem Besitz? Man weiß es nicht.

*

Gegen Mittag unterbreche ich meine Nachforschungen in der Bibliothek.

Draußen ist leichter Wind aufgekommen, der den Nebel vertrieben hat. Jetzt scheint die Sonne. Ich bummle zufrieden Richtung Park, um mich mit Stefan zu treffen. Auf der Hauptstraße dröhnt der Mittagsverkehr. Ich bin froh, nach wenigen 100 Metern links abzubiegen und einem mit Bäumen und Büschen gesäumten Fußweg zu folgen. Von weitem glitzert der Teich. Zu meiner Erleichterung schwimmen darauf drei unversehrte Tafelenten.

Nur von den blonden Federn meines Schützlings ist vorerst nichts zu sehen. Das verärgert mich. Unpünktlichkeit kann ich nicht ausstehen. Nicht mit einer präzisen Tissot am Handgelenk. Aber welcher Jugendliche trägt heute noch eine Armbanduhr? Da lockt nicht einmal mehr eine Swatch der allerneusten Kollektion. Zeitangaben checken Checker wie mein unmündiger Schützling lieber auf ihren omnipräsenten Handys.

12.05 Uhr. Ich warte.

Nach weiteren zehn Minuten hört der Spaß auf. Ich beginne, ungeduldig hin und her zu tigern. Schließlich breche ich zu einer ersten Teichumrundung auf. Wo er bloß bleibt, der Stefan? Eine Zumutung, mich warten zu lassen. Er konnte den ganzen Vormittag über tun und lassen, was ihm gefiel. Darf ich danach nicht erwarten, dass er wenigstens unser Rendezvous einhält?

Runde zwei. Ein weiterer Blick auf die Uhr. Bereits 12.20 Uhr. Darauf die dritte Teichtour. Ich habe den Eindruck, dass mich die Enten misstrauisch zu mustern beginnen. Blöde Viecher! Ich hebe ein Steinchen vom Kiesweg und schmeiß es gegen das unverschämte Gefieder. Zack! Daneben geworfen. Immerhin lüften die Vögel kurz ihre Flügel.

Unglaublich! Das geht definitiv zu weit! 12.30 Uhr. Der Lümmel lässt sich nicht blicken. Hätte ich ihn doch erst gar nicht mitgeschleppt. Das ersparte mir jetzt Ärger und Zeitvergeudung.

»Shit!«, zische ich halblaut zwischen den Schneidezähnen hervor. Zwei Mädchen, die Arm in Arm durch den Park schlendern, wenden sich verwundert nach mir um. In dem Moment fällt mir im satten Rasengrün ein hellblauer Fleck in die Augen. Mein Herz beginnt wild zu pochen. Puls 90, Blutdruck 160. Dann renne ich los. Ich habe mich nicht getäuscht. Stefans Baseballmütze!

Nachdem ich das cyanblaue Käppi aufgehoben und eine Weile ratlos in den Händen herumgedreht habe, entdecke ich auf der Unterseite des gekrümmten Schirms einen Blutfleck. Damit ist der letzte Rest meiner Zuversicht verflogen. Was hat sich abgespielt? Wo ist der Junge geblieben?

Hilfesuchend schaue ich um mich. Nichts als friedliche Spaziergänger, kackende Hunde und lärmende Kinder. Die reine Idylle. Bei wem finde ich Hilfe? Was tu ich jetzt?

Ich setze mich erstmal auf die nächstbeste Parkbank. Bewusst atme ich tief ein und aus. Ich bemühe mich, einen klaren Kopf zu wahren. La solution existe! Möglicherweise kommt der Vermisste gleich um die nächste Hecke geeilt. Die Verspätung fiele plötzlich kaum mehr ins Gewicht. Wenn er nur wieder auftauchte. Aber er tut es nicht.

Ich erinnere mich an sein Handy. Ich Depp! Ich brauch ihn nur anzurufen. Wie gut, dass Stefan dieses Gerät immer mit sich trägt. Eine Armbanduhr brächte jetzt rein gar nichts. Ich wähle seine Nummer und warte.

»Tuut, tuuut, tuuuut.« Nichts.

Er nimmt den Anruf nicht entgegen. Habe ich überhaupt die richtige Nummer gewählt, in der Aufregung? Ich versuche es von Neuem. Wie ein kurzsichtiger Greis tippe ich konzentriert Zahl für Zahl ins Display.

Wieder ertönt das Freizeichen.

»Geh ran, Stefan! Bitte nimm's!« Mein Stoßgebet verhallt ungehört. Was tu ich als nächstes? Bereits 13.00 Uhr. Ergibt es Sinn, weiter im Park herumzuhocken?

Ich entschließe mich, ins Hotel zurückzukehren. Möglicherweise wartet er dort. Dumm nur, dass ich die Nummer des Hotels nicht gespeichert habe. Statt aber noch lange erfolglos herumzutelefonieren, will ich mich auf kürzestem Weg in die Gertrudystraße begeben. Nachdem ich diesen Entschluss gefasst habe, fühle ich mich besser. Ich schöpfe Hoffnung. Die hellblaue Mütze in der einen und meine Aktenmappe in der andern Hand renne ich zur Hauptstraße vor der Bibliothek. Dort winke ich ein Taxi herbei. Wenige Minuten später eile ich bereits durch die Eingangshalle des Planty auf den verdutzten Rezeptionisten zu.

»Haben Sie meinen Begleiter gesehen?«

»Selbstverständlich, Herr Feller«, bestätigt der Angestellte und fügt mit einem Augenzwinkern hinzu: »Ein hübscher Bursche.«

Mich interessiert nur eines: »*Wann* haben Sie ihn zuletzt gesehen?«

»Heute Morgen, als Sie gemeinsam das Hotel verlassen haben.«

Eine Enttäuschung.

»Ist der Zimmerschlüssel da?«, frage ich.

»Tak, Herr Feller.«

»Das ist schlecht«, sage ich. Damit stoße ich beim Rezeptionisten auf Verständnislosigkeit. »So geben Sie her. Schnell!«

Er kommt meinem Wunsch mit leichtem Kopfschütteln nach. Es ist mir so lang wie breit, was der süffisante Lappi von mir hält. Wie ein Irrer stürme ich zum Aufzug. Der lässt sich Zeit. Ich verliere die Geduld. Mehrere Stufen gleichzeitig überspringend fliege ich die gewundene Treppe hoch. Atemlos erreiche ich die Zimmertür. Siehe da. Was für eine Erleichterung. Sie steht weit offen.

»Stefan?«

Erwartungsvoll betrete ich unser Zimmer. Ich werde mit den Worten »Dzień dobry« begrüßt.

11

»Auf Wiedersehn. Danke.«

»Do jutra!«

Nachdem das Zimmermädchen die Türe hinter sich geschlossen hat, setze ich mich aufs Bett und suche meine Gedanken zu ordnen. Mit jeder neuen Erkenntnis beschleicht mich dieses Gefühl, das mich lähmend an der Gurgel packt. Ich realisiere, dass das Licht am Ende des Tunnels nichts ist als der Widerschein der Hölle. Mit zittriger Hand fahre ich verloren über eine mickrige Bettdecke. Was gäbe ich jetzt für einen zertrümmerten Bettrost! Wie fehlt mir Stefans Lachen! Was ist bloß geschehen? Wenn ihm nur nichts zugestoßen ist!

Ich erwäge, Jürg Lüthi in der Schweiz zu alarmieren. Hinterher verwerfe ich die Idee wieder. Wozu seine Eltern auch noch beunruhigen? Das bringt hier nichts. Ratlos vergehe ich mich an einem Härchen meines linken Brauenbogens.

Soll ich die Polizei benachrichtigen? Und wenn der Junge kurz darauf mit schuldbewusster Miene um die Ecke schleicht?

Nein, mit der Polizei warte ich. Ich werde besser selbst aktiv. Wozu bin ich denn Privatdetektiv, verdammt! Den Jungen find ich doch!

Am besten gehe ich erneut in die Eingangshalle hinunter und quetsche den Concierge präzise aus. Auch wenn mir der Typ nicht liegt. Vielleicht kann er mir doch noch nützliche Hinweise geben. Ich habe nichts zu verlieren und momentan keine bessere Idee.

Sicherheitshalber wähle ich zunächst nochmals die Handynummer des Vermissten. Aber wie schon zuvor nimmt auch jetzt keiner ab. Also begebe ich mich nach unten.

»Entschuldigen Sie, wenn ich nochmals wegen meines Begleiters störe.«

Hinter der Theke serviles Getue.

»Sind Sie sicher, dass für mich keine Mitteilung hinterlegt wurde und niemand angerufen hat?«, erkundige ich mich.

»Selbstverständlich, Herr Feller. Ich habe nichts für Sie«, antwortet der Concierge.

Ich überlege. »Hm. Kennen Sie zufälligerweise den Jordana Park?«

Mit dieser Frage scheine ich den Guten zu irritieren.

»Ja, also. Doch. Auch schon gehört. Liegt drüben bei der Czarna Wieś, wenn ich mich nicht täusche. Ist aber nichts los, dort. So weit mir bekannt ist.«

Ich will gar nicht näher wissen, was *er* in Parks zu finden hofft. *Ich* jedenfalls suche nur Stefan Lüthi! »Gut. Wenn Ihnen etwas in den Sinn kommt, das mich interessieren könnte, mein Begleiter auftaucht oder irgendeine Meldung für mich eingeht, informieren Sie mich umgehend, nicht wahr?«

»Selbstverständlich, Herr Feller.«

»Dann danke ich.« Ich drehe mich unentschlossen um und bin im Begriff ins Zimmer zurückzukehren. In diesem Augenblick ruft mich der Rezeptionist zurück.

»Ach ja, Herr Feller!«

Erwartungsvoll wende ich mich um.

»Heute Vormittag hat sich jemand nach einem Schweizer erkundigt.«

»Nach mir?«, frage ich.

»Ich weiß nicht genau. Einfach nach einem Herrn Schweizer.«

»Schade. Schweizer ist genauso ein Familienname wie Feller. Da war kaum *ich* gemeint.«

»Es war eine Dame«, sagt er mit anzüglichem Augenzwinkern. Oder leidet er unter einem nervösen Tick? »Ich erwarte keine Dame. Ich warte auf den Jungen«, erwidere ich ungehalten.

»Ich weiß. Sie offenbar auch. Einen Jungen mit Papa.«

Das macht mich doch stutzig. Kann es sein, dass ich für Stefans Vater gehalten werde? Ich hake nach: »Wie sah die Frau denn aus?«

»Klein, schlank, elegant, um die 50. Blau-weiße Bluse.«

»Und dunkelblauer Hosenanzug?«

»Tak!«, bestätigt er.

Passt diese Beschreibung nicht mit jener der ominösen Bibliotheksbesucherin überein? Wer ist diese geheimnisvolle Dame, die zuerst hinter der Sonate herschnüffelt und uns danach auf den Fersen folgt? Dass sie nicht einen Herrn Schweizer gesucht hat, sondern *die beiden Schweizer*, steht für mich jetzt außer Frage. Ob sie etwas mit Stefans Verschwinden zu tun hat? Ich muss es fast annehmen. Handelt es sich hier um seine Entführerin?

Andrerseits. Der Junge hätte sich bestimmt zur Wehr gesetzt. Eine zierliche Dame hätte gegen die jugendliche Kraft meines Schützlings kaum eine Chance gehabt. Dennoch könnte der Blutfleck an seiner Mütze auf einen Kampf hindeuten. Zudem ist nicht ausgeschlossen, dass die mutmaßliche Entführung von angeheuerten Schergen vollzogen wurde. Aber zu welchem Zweck? Mit welchem Interesse? Was wollen die von meinem Jungen? Womit könnte man *mich* erpressen? Mit Geld? Ich zweifle, dass es darum geht. Mit der Thuner-Sonate? Aussichtslos. Die befindet sich bei Bachmann in Sicherheit. Bloß weiß das hier keiner. Nehmen die Entführer etwa an, dass ich die Originale dabei habe?

Auf der anderen Seite mutet mich die ganze Geschichte etwas zu abenteuerlich an. Noch besteht die Möglichkeit, dass eine plausible Erklärung für Stefans Verschwinden vorliegt. Vielleicht werden wir künftig herzlich darüber lachen.

Ich entschließe mich, in den Park zurückzukehren, um nach Leuten Ausschau zu halten, die den Jungen beobachtet haben könnten. Tempo jetzt! Sonst ist keiner mehr dort und mein Unterfangen aussichtslos.

*

Ich habe frischen Mut gefasst.

Im Laufschritt verlasse ich das Hotel. Nach wenigen Metern wechsle ich die Straßenseite. In der Gertrudystraße zirkuliert momentan wenig Verkehr. Auf dem Gehsteig daneben flanieren entspannte Fußgänger.

Von links nähert sich ein dunkelgrauer Lada. Als ich die Straßenmitte erreiche, beschleunigt der Wagen. Unverhofft und ungebremst rast er auf mich zu.

Was soll das?

Im allerletzen Augenblick hechte ich zur Seite. Das entfesselte Gefährt verfehlt mich um Haaresbreite.

»Geht's noch? Du Idiot!«, schreie ich ihm nach und hebe den Stinkefinger.

Passanten bleiben erschrocken stehen. Der Wagen stoppt ebenfalls. Kommt der Lenker sich bei mir entschuldigen? Oder hat er Mühe mit meiner Zeichensprache? Wird er jetzt noch handgreiflich?

Statt unverzüglich das Weite zu suchen, bleibe ich wie gebannt stehen. Blöd. Aber ich muss wissen, wie es weitergeht. Da rollt die verdammte Karre erneut los, im Rückwärtsgang. Sie lässt keinen Zweifel daran, dass ich gleich plattgewalzt werden soll.

Jetzt erst renne ich weg. Gerade noch rechtzeitig. Leider kann ich den wahnsinnigen Lenker nicht erkennen. Dafür bekomme ich mit, wie er mit Karacho in eine Ansammlung abgestellter Fahrräder prescht. Wie bei einem Massensturz bei der Tour de Suisse fliegen die Drahtesel in alle Himmelsrichtungen durch die Luft. Ein einzelnes Rad rollt wankend vor den Hoteleingang. Ein schmaler Fahrradsattel landet wie ein kleiner Meteorit im Kinderwagen eines perplexen Säuglings.

Atemlos flüchte ich zur Parkanlage, um in den Kiesweg zwischen halbhohem Kirschlorbeer und vertrockneten Thujahecken einzubiegen. Den Ententeich erreiche ich just in dem Moment, als Stefan wie der verlorene Sohn aus dem angrenzenden Gebüsch auftaucht.

»Hallo, Hanspeter«, sagt er verwundert. »Wo warst du denn die ganze Zeit?«

Meine Erleichterung ist unbeschreiblich. Mit Freudentränen in den Augen umarme ich den Jungen. Dieser lässt die Szene relativ cool über sich ergehen. Vermutlich hat er eine ganz andere Reaktion erwartet. Wäre nicht ein gigantischer Zusammenschiss angesagt gewesen?

»Geht's dir gut, Stefan?«, frage ich besorgt.

»Easy. Und dir?«

Ich übergehe seine Rückfrage. »Wo warst du die ganze Zeit? Weißt du eigentlich, was ich mir für Sorgen gemacht habe?«

Schuldbewusst schaut er zu Boden. »Sorry. Es war wegen dem Cap.«

Das reicht mir als Erklärung nicht aus. »Wie? Was war los?«

Stefan berichtet, wie er am Vormittag durch den Park geschlendert sei und eine Gruppe von Austauschstudenten kennen gelernt habe. Gemeinsam hätten sie Ball gespielt. Einer der Studenten habe ihm darauf die blaue Mütze vom Kopf gerissen und sie einem andern Kollegen zugeworfen. An Stelle des Balls habe nun die Kappe als Wurfgeschoss gedient. Die Saubande habe sich damit amüsiert, ihn hinter seiner Kopfbedeckung herspringen zu lassen.

»Plötzlich ist einer mit dem Cap weggespeedet. Ich voll hinterher. Tatsächlich habe ich das Ding zurückerobert. Gerade als ich es wieder aufgesetzt hatte, rammte mich einer der Typen so kräftig von hinten, dass ich vornüber auf den Kiesweg geknallt bin. Ich habe mich dabei an der Stirn verletzt. Als sie das Blut sahen, sind sie abgehauen, die Schisser. Das war dort hinten, beim runden Blumenbeet. Da sieht man von hier aus leider nicht hin. Gemeinerweise hat einer das Cap noch mitlaufen lassen. Wenn das nicht passiert wäre, hätte ich pünktlich beim Teich auf dich gewartet. Ehrenwort!«

Ich winke ab. Was spielt das jetzt noch für eine Rolle? »Zeig her. Ist's schlimm mit deiner Verletzung?«, frage ich und prüfe seine Stirnwunde. Zum Glück nur eine oberflächliche Schürfung. Wir werden sie im Hotel mit Desinfektionsmittel und Heftpflaster versorgen.

»Und du? Warst du erfolgreich?«, will Stefan wissen.

»In der Bibliothek schon. Auf der Suche nach dir weniger.«

»Sorry«, murmelt er.

Vom Zwischenfall mit dem Lada erzähle ich nichts. Ich will meinen Begleiter nicht verängstigen. Auch die Frau lasse ich unerwähnt, die sich nach uns erkundigt hat.

»Was ist mit den Noten?«, will er wissen.

»Ja, genau. Da habe ich mir meine Meinung gebildet«, antworte ich. »Sie stammen höchstwahrscheinlich aus Brahms' Feder.«

»Krass!«, kommentiert Stefan.

»Natürlich bin ich nicht restlos überzeugt«, relativiere ich die gute Botschaft.

»Du kannst morgen hingehen und das Ding nochmals checken«, meint er.

»Nein. Ich werde versuchen, unseren Rückflug umzubuchen. Wir reisen noch heute Abend in die Schweiz zurück.«

Der Junge guckt verständnislos. »Ich denke, wir wollten drei Tage bleiben?«

»Die Umstände erfordern ein Umdisponieren«, erwidere ich kurz angebunden.

»Ist es wegen mir?«, befürchtet Stefan. »Nimmst du mir die Sache mit dem versifften Date übel? Soll das die Strafe dafür sein?«

Ich winke ab. »Quatsch. Es ist sonst was vorgefallen, das uns zwingt, den Aufenthalt in Krakau vorzeitig abzubrechen. Das hat wirklich nichts mit dir zu tun. Ich erkläre dir die Gründe im Flugzeug, okay?«

»Wenn du meinst. Schade.« Er lässt die Schultern hängen.

»Wir nehmen ein Taxi zum Hotel«, entscheide ich.

»Eh, das lohnt sich doch nicht«, protestiert Stefan. »Zwei Kilometer schaffen wir easy.«

Mit unumstößlicher Entschlossenheit verkünde ich: »Wir fahren!«

Kein Kamikazepilot weit und breit. Unversehrt gelangen wir ins Hotel. Erleichtert hasten wir über den purpurroten Spannteppich, der in der Lobby, der Bar und dem Restaurant großflächig ausgelegt ist, als sollte hier demnächst eine Bischofskonferenz abgehalten werden. Gruppen kniehoher Ständer mit armdicken Kerzen unterstreichen in jeder Ecke das sakrale Flair. Uns ist momentan nichts heilig. Wir stürmen die Treppe hoch, deren Geländer aus demselben Holz gedrechselt ist wie die omnipräsenten Kerzenständer. Unbehelligt gelangen wir in unser Zimmer. Dort sinken wir auf die Betten.

Ich bin erleichtert. Stefan ergeht es nicht anders. Nur aus einem anderem Grund. Er freut sich darüber, hier seine himmelblaue Baseballmütze wiederzufinden.

»Geil!«, ist sein Kommentar. Vor dem Spiegel setzt er sie auf, drückt sie schräg in die verpflasterte Stirn und hüpft rücklings aufs Bett. Das knackt bedrohlich. »Ups?«

Diesmal hält der Bettrost. Wir packen die Taschen und brechen sofort auf, nachdem uns zwei freie Plätze in der Maschine Frankfurt–Zürich zugesichert worden sind.

Eine Taxifahrt zum internationalen Flughafen Johannes Paul II. in Krakau-Balice, auf polnisch kurz und bündig als Międzynarodowy Port Lotniczy im. Jana Pawła II Kraków-Balice benannt, kostet den Fixpreis von 70 Zloty. Das erfahre ich an der Rezeption, während wir auf den Wagen warten.

»To the international airport, please«, kommandiere ich dem Fahrer in Kurzversion. »Und los geht's!«

Der Name des Flugplatzes wurde 1995 zu Ehren des polnischen Papstes abgeändert. Im selben Jahr wurde die Startbahn um 150 auf 2.550 Meter verlängert. Ursprünglich wollte man sich diese Investition sparen. Die Sicherheit sollte durch den Segen der päpstlichen Namensgebung gewährleistet werden. Auf Drängen des Vatikans entschloss man sich, zusätzlich noch weltliche Maßnahmen zu treffen. Schließlich mag man sich daran erinnert haben, dass nicht alle Piloten Katholiken sind.

12

»Schon?«

Marie-Josette wundert sich, als ich unsere vorzeitige Rückkehr ankündige. »Was ist passiert?«, will sie wissen.

Ich vertröste sie auf später und flunkere: »Alles in Ordnung. Wir kommen einfach zwei Tage früher als geplant zurück, das ist alles.«

Sie glaubt mir vermutlich kein Wort.

Jürg Lüthi wäre bereit gewesen, uns am Flughafen abzuholen. Ich habe aber darauf bestanden, mit dem letzten Zug nach Thun zurückzufahren. Es bestehen gute Verbindungen ohne Umsteigen. Zu später Stunde gibt's immer freie Plätze.

Jetzt ist es kurz nach Mitternacht. Ich stehe mit Stefan bei seinen Adoptiveltern in der Wohnung. Marie-Josette umarmt Stefan. Jüre mustert mich wachsam. »Was ist in Krakau vorgefallen?«

Während sich Stefan ins Bad verzieht und uns die Frau des Hauses einen Goldmelissentee aufbrüht, sitze ich mit meinem Assistenten am Küchentisch und berichte. Auch die Sache mit dem Attentat. Er meldet Zweifel an. Darauf erkundigt sich Jüre nach dem Resultat meiner Nachforschungen.

»Was die Papiere angeht, werde ich gleich morgen früh Herrn Auf der Maur orientieren. Er wird sich über den positiven Bescheid freuen. Seinem Konzert steht nichts mehr im Weg«, verkünde ich.

»Ich habe in der Zwischenzeit übrigens nachgeschaut, wer dieser Typ war, der am Quai das Brahmslob verkündete.«

Ich winke ab. »Das hat Zeit bis morgen. Komm am Vormittag bei mir vorbei. Oder treffen wir uns in der Stadt?«

Er entscheidet sich für Thun.

»Gut. Um 9.00 Uhr in der Alten Oele?«, schlage ich vor.

»Okay. Oder nein, warte. Eigentlich könnten wir uns mal woanders treffen.«

»Kein Problem. Wo denn?«

»Wie wär's mit dem Waisenhaus?«, fragt der Adoptivvater.

Ich bin hundemüde und verabschiede mich. Aus Stefans Zimmer ist kein Mucks mehr zu hören. Mein Blick fällt auf seine blaue Mütze an der Garderobe, als ich die Wohnung endlich verlasse.

*

Herrliches Wetter. Durstiges. Und das bereits am Vormittag.

Jüre und ich erreichen die vereinbarte Beiz fast

gleichzeitig. Wir setzen uns im Garten in den Schatten der Kastanienbäume und nehmen das Gespräch von gestern Nacht wieder auf.

»Wusstest du, dass diesem Widmann in der Bundeshauptstadt sogar ein Brunnen gewidmet ist?«, beginnt er.

Ich verneine.

»Heute belegt das Wasserspiel vor allem eines: Nichts fließt rascher den Bach ab als irdischer Ruhm«, meint er.

»Inwiefern hilft diese Erkenntnis bei der Lösung unseres Falls?«

Mein Assistent erläutert: »Widmanns Erben bemühen sich offenbar um die Widerherstellung seines schriftstellerischen Rangs. Widmann verkörperte in der Schweiz Brahms wichtigste männliche Bezugsperson.«

»Verstehe. Zudem würde sich auch die Forschung wieder vermehrt auf sein Werk konzentrieren. Kennst du dich da aus? Läuft diesbezüglich schon was?«, erkundige ich mich.

»Es läuft bis jetzt nur der Brunnen. Das immerhin seit 1914.«

»Wo steht der eigentlich genau?«

»Am Südende des Hirschengrabens«, weiß Jüre.

Ich erinnere mich. »Du meinst den kleinen Pavillon gegenüber diesem roten Riesenkunstwerk vor dem Versicherungsgebäude?«

»Richtig. Vis-à-vis von Ueli Bergers Chribu«, bestätigt er und macht einen gezielten Griff in die Innentasche seiner Jeansjacke. Dieser entnimmt er einen Stift mit Lippenpomade. Bevor mich der körperbewusste Assistent mit weiteren Informationen zum Brunnen versorgt, verkleistert er sein kundiges Mundwerk. Kürzlich habe ich mich nach dem Sinn der schmierigen Aktion erkundigt. Er begründete die Notwenigkeit einer konstanten Fettschicht mit seiner Furcht vor gesprungenen Lippen. Er werde von Albträumen verfolgt, in denen sich ihm tiefe Hautrisse bildeten, wie Gletscherspalten im Sommer. An Stelle von Gletschermilch entsprängen diesen Spalten aber blutige Rinnsale. Der Geschmack von Metall erfüllte jeweils die ganze Mundhöhle, aus deren Tiefe sich verzweifelte Schreie lösten und er entsetzt erwache.

Der Geplagte steckt den Stift wieder ein und berichtet: »Als Widmann 1911 starb, widmete ihm die Tagespresse ganze Frontseiten. Unzählige Leserbriefe bezeugten Schmerz und Dankbarkeit. Er galt als großer Dichter. Sein Werk erzielte hohe Auflagen.«

»Heute ist sein Name nur noch Fachleuten geläufig.«

»So ist es.«

»Was für ein Typ war er?«, frage ich.

»Offenheit und Charme sollen das Wesen des Weltbürgers charakterisiert haben.«

»Ein Schweizer als Weltbürger?«

Jüre ereifert sich. »Wieso nicht! Allerdings wurde er in Mähren geboren.«

»Siehst du?«, triumphiere ich. »Doch ein Ausländer.«

»Erziehung und Bildung erhielt er aber in Liestal, in der Schweiz«, hält mein Assistent dagegen. »In Heidelberg und Jena studierte er Theologie. Zweifel am Sinn seelsorgerischer Tätigkeit ließ ihn ins Lehrfach wechseln.«

»Geriet er damit nicht vom Regen in die Traufe?«, ermittle ich.

»Nicht sofort. 20 Jahre stand er als Rektor einer Berner Mädchenschule vor. Er widmete sich erst vollumfänglich der Literatur, als er als Schulleiter nicht wiedergewählt wurde.«

»Fast wie bei mir«, stelle ich fest. »Ein Rausschmiss bewirkte eine berufliche Veränderung. In Widmanns Fall eine positive. Er stieg vom belächelten Schulmeister zum bewunderten Künstler auf. In meinem Fall kann man geteilter Meinung sein. Weist der Weg vom Lehrer zum Privatdetektiv nach oben?«

»Erwartest du eine Antwort?«, forscht Jüre nach. »Falls es uns gelingt, den aktuellen Fall zu lösen, werden wir schon Anerkennung finden. Hast du nicht angetönt, dass sich Auf der Maur mehr als nur erkenntlich zeigen will?«

Unentschlossen wiege ich den Kopf hin und her. »Was hat Widmann denn so geschrieben?«

»›Die Patrizierin‹ zum Beispiel oder die ›Maikäferkomödie‹. Mit dem Hauptwerk ›Der Heilige und die Tiere‹ erarbeitete er sich einen Ruf in Europa. Alles wurde preisgekrönt.«

»Heute grämen sich bestenfalls unheilige Patrizierinnen über die Tragödie der ausbleibenden Maikäferschwärme«, spotte ich.

»In den Höhenflugjahren begleitete Widmann seinen Freund Johannes Brahms auf ausgedehnten Italienreisen und verfasste darüber gefragte Reisebücher«, ergänzt Jüre.

»Legt der Beleg der engen Freundschaft zwischen den beiden nicht nahe, dass auch der Berner mit einer Abschrift der Violinsonate beschenkt wurde?«, frage ich.

»Doch. Umso mehr, als eine innoffizielle, private Uraufführung bei Widmann zu Hause stattgefunden hat. Brahms spielte das Piano, sein Freund die Geige. Am 2. Dezember 1886, anlässlich der offiziellen Uraufführung in Wien, musizierte Brahms dann mit Joseph Hellmesberger im kleinen Saal des Konzertvereins. Erstaunlicherweise war die Opus 100-Muse Hermine Spies weder in Bern noch in Wien geladen.«

Jüres Ausführungen bestärken meine Annahme. »Mir scheint, das sind Fakten, die an die Existenz mindestens eines weiteren Exemplars denken lassen.«

»Bis jetzt reine Vermutung«, relativiert mein

Assistent. »Widmann hat sich zu den Noten nie erklärt. Bis zu seinem 70. Geburtstag. Darauf war's zu spät. Die Vorbereitungen zum Jubeltag waren in vollem Gange. Wie ein Blitz aus heiterem Himmel traf darum die Nachricht von seinem Tod ein. Trauer und Bestürzung waren riesig. Die kulturelle Schweiz suchte Trost in einem Widmann-Vers.«

»Und den kennst du«, vermute ich.

»Richtig. Ich habe ihn mir notiert. Augenblick.« Der vorbildliche Mitarbeiter blättert in seinen Unterlagen. ›O Insel dieser Erde, auf der mein Fünklein glimmt, auch wenn es längst erloschen, mein Tag kein Ende nimmt.‹«

»Nicht unbescheiden, der Gute«, sage ich.

»Um seiner Prophezeiung Aussicht auf baldige Erfüllung zu verleihen, fasste die erschütterte Widmanngemeinde die Errichtung des besagten Gedenkbrunnens in tränennasse Augen.«

»Schöne Idee«, stelle ich fest.

»Ja, die Idee fand allgemeine Zustimmung«, meint Jüre. »Ein Komitee namhafter Persönlichkeiten wie den Schriftstellern C. A. Loosli und Rudolf von Tavel, sowie dreier Bundesräte verhalf dem Projekt zu angemessener Publizität.«

Ich staune. »Der war ja richtig prominent, der Widmann. Das war mir bisher nicht bewusst.«

»Nun ja. In der Schweiz wurde seine Bedeutung möglicherweise überschätzt. Das lässt auch den Erfolg einer Falschmeldung nachvollziehen. Danach sollte dem Dichter die Stadt Venedig mit der Benennung einer ›Calle larga Widmann‹ und der ›Ponte Widmann‹ die Ehre erwiesen haben.«

Ich dränge. »Und wie ging es mit dem Brunnen weiter?«

»Der skurrile Vorschlag, an seiner Stelle ein Asyl für altersschwache Hunde und Gäule zu gründen, drohte den Säulenheiligen zum Maikäferkomödianten verkümmern zu lassen. Darum sollte der Brunnen zügig realisiert werden.«

»Bevor das letzte Quäntchen Menschenwürde in Tierfutter zermanscht wurde?«

»So ungefähr. Die Mittel suchte das Komitee durch eine gesamtschweizerische Sammlung zu beschaffen. Aber Widmanns Stern begann rascher zu sinken, als das irgendwer für möglich gehalten hätte.«

»Den traurigen Rest behalte für dich«, rate ich.

Jüre überhört es. Unerbittlich fährt er fort. »Ein klägliches Sammelergebnis bewog die Initianten, durch eine Volksausgabe seiner Werke zu Geld zu kommen. Stattdessen hinterließ sie einen beträchtlichen Fehlbetrag.«

»Was für eine Tragödie«, kommentiere ich.

»Dessen ungeachtet konferierte das Komitee regelmäßig. Es schrieb voll des ungebrochenen Optimismus einen Wettbewerb für die Gestaltung des Denkmals aus.«

Ich lehne mich zurück und schüttle den Kopf.

»Aus 16 Entwürfen ging das Projekt ›Blaudrossel‹ des Architekten Alfred Lanzrein als Sieger hervor.«

Ich freue mich. »Lanzrein? Bestimmt auch ein Thuner. Wie sah sein Entwurf aus?«

»Wasser sollte in zwei runde Becken plätschern. Acht massive Säulen waren vorgesehen, eine mit Ornamenten geschmückte Kuppel zu tragen. Darunter sollte die Bronzeplastik eines Jungen mit Blaudrossel platziert werden. Die Realisation stand unmittelbar bevor. Stattdessen dominierte schlagartig der Erste Weltkrieg. Die Bundesräte hatten nun andere Sorgen. Die Arbeiten am Denkmal gerieten ins Stocken.«

»Also musste auf die Blaudrossel verzichtet werden?«

»Vorerst. Man stellte nur die Brunnenhalle fertig«, sagt Jüre. »Zehn Jahre nach Widmanns Tod ergänzte man sie mit dem nackten Jüngling von Hermann Haller.«

»Warum müssen solche Figuren eigentlich immer nackt sein?«, frag ich mich. »Die Brahmsrösi in Thun, der Jüngling in Bern. Außer Mutter Helvetia, Generälen und Reformatoren werden offensichtlich alle entblättert.«

»Hoffentlich wirst du nie berühmt, Hanspudi.«

»*Käumlich*. Antikisierende Heldenposen und ephebenhafte Nacktwanderer finden zurzeit keine Mehrheit.«

»Rösi trägt ihre paradiesische Unschuld und der

Widmannjunge nichts, außer seinem Vögelchen, der Blaudrossel. In der linken Hand«, präzisiert Jüre. »Die Rechte hat er schützend über den Vogel gelegt. Die aufgeplusterte Drossel hält er sanft und lose auf Höhe seiner rechten Brust. Der schmächtige Bursche hat seinen Kopf nach links gewendet. Mit gesenktem Blick mustert er die Trostlosigkeit einer Verkehrsampel. Heute hechelt die Drossel im Verkehrsstrom nach Frischluft und Widmanngeist. Die letzen Anhänger seiner schwindsüchtigen Fangemeinde laufen bei diesem Anblick blau an«, spottet mein respektloser Begleiter.

»Die zahlreichen Tauben, die auf den Wasserbecken herum trippeln, wird's nicht kümmern«, vermute ich.

Er widerspricht: »Vielleicht doch. Spätestens wenn sie in den Abgasen nach Luft ringen und dabei unmerklich von Ringel- zu Ringtauben degenerieren.«

13

Im Seefeldquartier duften die Gärten.

Die alten Villen inmitten der gepflegten Anlagen hinter dem Hauptbahnhof bilden eine eigene, städtische Idylle. Zu jeder Jahreszeit schwebt hier eine andere olfaktorische Wolke zwischen den ehrwürdigen Gemäuern. Im Frühjahr liegt der schwere Duft von Flieder, Magnolien und Jasmin in der Luft. Im Sommer betört das reiche Duftbukett aus Rosen und Lavendel. Im Herbst stimmen gärendes Fallobst, modernde Blätter und wuchernde Pilze auf den Winter ein. Der anheimelnde Geruch verrußter Kamine und verwehter Schneeflocken bläst einem bis zum Frühjahr um die gerötete Nasenspitze. Jahrelang habe ich die Niesenstraße mit dem Fahrrad befahren, auf meinem Weg zum Bahnhof, als ich zuerst in Spiez das kantonale Lehrer- und Lehrerinnenseminar und danach in Bern die Uni besucht habe.

Auf der Maur lässt mich nicht warten. Erwartungsvoll trete ich ein.

»Guten Tag, Herr Feller. Das ging aber schnell. Ich habe Sie erst übermorgen erwartet.«

Ich stimme zu. »Gestern schon konnten die letzten

Zweifel ausgeräumt werden. Heute liegen die Fakten auf dem Tisch.«

Der Brahmspräsi guckt erwartungsvoll.

Ich lasse ihn zappeln.

Wir setzen uns in den Salon. Auf der Maur bietet Tee an. Die Fenster stehen offen. Milde Windstöße lassen die Gardinen tanzen.

»Nun, Herr Feller?«, drängt er.

»Die Reise hat sich gelohnt«, verkünde ich mit vielsagendem Lächeln. »Ich habe mir meine Meinung gebildet.«

»Das Resultat, Herr Feller, nur das Resultat«, fleht er mich an und fällt fast auf die Knie.

»Positiv. Die Notenblätter dürften echt sein.«

Auf der Maur lehnt sich erleichtert in die Kissen zurück. Er strahlt vor Freude. Diese Nachricht eröffnet eine glorreiche Zukunft. Kaum abzuschätzen, welchen materiellen und ideellen Gewinn sie der Brahmsgesellschaft zu versprechen vermag.

»Da muss ich umgehend reagieren. Ich kaufe die beiden Sätze selbstverständlich. Ich werde gleich anschließend versuchen, den Anbieter zu kontaktieren. Darf ich Sie bitten, Herr Feller … Ich meine, brauchen Sie die Originale noch?«, fragt er.

»Nein. Eigentlich nicht. Selbstverständlich gebe ich sie Ihnen umgehend zurück. Allerdings habe ich sie jetzt nicht dabei.«

Verwundert hebt mein Gegenüber sein imposantes

Haupt. Ich beichte ihm meine Sicherheitsbedenken und die Aufbewahrung bei Bernhard Bachmann.

»Leider habe ich Bachmann noch nicht erreichen können. Ich werde es gleich anschließend erneut versuchen«, beschwichtige ich.

Dem Brahmspräsi passt das nicht. Das sehe ich ihm an. Dennoch willigt er halbherzig ein. »Na gut. Bis heute Nachmittag?«

»Einverstanden.«

»Umso besser. Dem Jahrhunderthandel steht nichts mehr im Weg«, frohlockt er.

Damit weckt er bei mir ungute Gefühle. Provoziert eilfertiger Optimismus nicht selten böse Überraschungen?

14

»Wo er nur steckt?«

Zum x-ten Mal wähle ich Bernhard Bachmanns Nummer. Erfolglos. Er hebt nicht ab. Eigenartig. Schließlich schiebe ich mir mein ferrarirotes Moped unter den Hintern und tuckere nach Oberhofen. Er wohnt an der oberen Stadelstraße im Längenschachen. Dort war ich schon öfters zu Besuch. Das einseitig angebaute Einfamilienhaus aus den 60ern klebt am Steilhang, der einen einzigartigen Blick über den See ermöglicht. Die markante Pyramide des Niesens bietet einen attraktiven Blickfang.

Nach ein paar 100 Metern flotter Fahrt gerät das Vorderrad unverhofft ins Schlingern. Mich haut's beinah auf den Latz. Ich stoppe am Straßenrand, steige vom Gefährt und kontrolliere das Rad. Es sitzt locker. Oder müsste man sagen gelockert? Von selbst hat es sich wohl kaum gelöst. Sabotage? Hat sich jemand einen üblen Scherz erlaubt? Werde ich jetzt auch in meiner Heimat verfolgt?

Nachdem ich den Schaden notdürftig behoben habe, setze ich die Fahrt fort. Zum Glück habe ich ihn noch rechtzeitig bemerkt. Gott sei Dank hat sich die Panne nicht während der rasanten Talfahrt ereignet. Beispielsweise im Abschnitt zwischen Oberhofen Dorf und Heidehaus. Dort hätte mich ein Sturz womöglich Kopf und Kragen gekostet.

Die Steigung der letzten Meter vor Bachmanns Grundstück bringt den leistungsschwachen Motor an seine Grenzen. Ich unterstütze ihn durch zusätzliches Pedalen. Gerade noch schaffen wir's. Die heiße Maschine stelle ich vor ein grau gestrichenes Garagentor. Ich erklimme eine zehn Meter lange, schmale Gartentreppe. Links und rechts wachsen immergrüne Bodendecker, feuerrote Floribundarosen und mannshohe Koniferen.

Von weitem schon rufe ich: »Hallo, Bernhard?« Falls er in der Gartenhalle sitzen sollte, will ich ihn nicht überraschen. Diese Rücksichtnahme erübrigt sich. Die Halle ist leer. Außer Atem erreiche ich die Haustür. Sie steht spaltweit offen.

»Bernhard«, rufe ich ins Innere, betätige die Klingel und warte.

»Bernhard!« Jetzt schon etwas lauter.

Nichts. Keine Antwort. Sonderbar! Ich wiederhole seinen Vornamen, drücke vorsichtig die verglaste Eingangstür auf und trete ins weiß geflieste Foyer. Wo steckt der Teufelsgeiger? Befindet er sich eventuell hinter dem Haus? Im Keller? Auf dem Estrich? Als Fiedler auf dem Dach? Ich entschließe mich, die fünf Treppenstufen zum Wohnzimmer hochzugehen, um dort auf ihn zu warten. Er kann ja nicht weit weg sein. Sonst wäre das Gebäude verschlossen. Als ich den hellen Ort betrete, werde ich mit rabenschwarzen Tatsachen konfrontiert. Bachmann liegt bewegungslos am Boden. Blut ist in den Ritzen des unversiegelten Parketts versickert. Schockiert bleibe ich stehen. Was hat das zu bedeuten? Ist er tot?

*

Böses ahnend nähere ich mich dem Freund.

Ich finde die traurige Bestätigung. Für Bernhard Bachmann kommt jeder Notarzt zu spät. Die schmächtige Leiche liegt auf dem Bauch. Der linke Arm weist seitlich zu einer Backsteinmauer. Der rechte Arm liegt unter dem Oberkörper begraben. Die Jacke des braungrün karierten Homedress ist hochgerutscht und entblößt schneeweiße Lenden. Auf den ersten Blick sind keine Wunden sichtbar. Die vertrocknete Blutlache, die sich unter und neben dem grau-blonden Bubikopf ausgebreitet hat, spricht allerdings eine andere Sprache. Ist der Geiger unglücklich gestürzt? Oder hat ihm jemand den Bogen gegeben?

Ich schaue mich nach einer allfälligen Tatwaffe um. Eine solche kann ich nirgends finden. Dafür sticht mir neben einer schulterhohen Ficuspflanze ein achtlos hingeschmissener Kartonschuber ins Auge. Es handelt sich um die Schutzhülle der ledernen Aktenmappe. Ich hebe den dunkelblauen Schuber auf. Sind die Notenblätter noch da?

Jetzt erinnere ich mich an die Sache mit den Fingerabdrücken. Zu spät! Dumm gelaufen. Die Kripo wird mir die Leviten lesen. Ein einziger Blick bestätigt meine schlimmste Befürchtung. Die Thuner-Sonate ist verschwunden!

Noch wage ich nicht, an all die Schwierigkeiten zu denken, die mir dadurch entstehen werden. Noch habe ich nicht reagiert und den dringenden Anruf bei der Polizei getätigt. Ich öffne die Balkontür und wanke an die frische Luft. Die Sonne übergießt die Pyramide des Niesens mit bleichem Glanz. Der monumentale Berg beschwört den zähnefletschenden Gott des Totenreichs. Wie betäubt starre ich über den See. Danach erst wähle ich die Nummer 117. Ich werde umgehend mit Hauptmann Anton Geissbühler von der Kantonspolizei verbunden. Wir kennen uns von den Ermittlungen im Fall Fulehung, der Thuner Narrenfigur.

»Guten Tag, Herr Feller«, grüßt er.

»Von gut kann keine Rede sein, Herr Geissbühler«, werfe ich ein.

Wenig später sorgt ein Großaufgebot von Beamtinnen und Beamten des kriminaltechnischen Dienstes für Aufsehen im Quartier. Meine Anwesenheit ist hier nicht länger erforderlich. Hauptmann Geissbühler wünscht allerdings, mich noch heute in seinem Büro an der Allmendstraße zu sprechen. Ich trample geschafft die Gartentreppe hinunter und halte nach meinem Moped Ausschau. Die Beamten haben es offenbar umparkiert. Entlang der Straße reihen sich ihre Dienstwagen. Der Platz vor der Garage ist mit Plastikband abgesperrt. Auf dem geteerten Wendeplatz der Nachbarschaft finde ich mein Zweirad wieder.

Ich starte die Maschine. Auf direktem Weg rase ich ins Seefeld. Auf der Maur muss umgehend informiert werden. Was habe ich ihm versprochen? ›Ich werde die Noten mit allergrößter Vorsicht behandeln und garantiere persönlich für die sichere Aufbewahrung.‹ Jetzt sind sie weg! Wie wird er darauf reagieren? Hat er Grund, mir Vorwürfe zu machen? Wer wird nun der Brahmsgesellschaft an Stelle des toten Bachmann die Thuner-Sonate zum Leben erwecken?

15

Soweit wäre alles klar.

Die Polizei fahndet prioritär nach Bachmanns Mörder. Ich konzentriere mich auf die Suche nach der Sonate. Vermutlich befindet sie sich in den Händen des Mörders oder der Mörderin. Bisher hielt ich es zwar für denkbar, dass jemand für Brahms sterben könnte. Aber jetzt, wo es passiert ist, bin ich völlig perplex, dass es tatsächlich einer getan hat. Wenn auch unfreiwillig. Noch immer kann ich nicht akzeptieren, dass es ausgerechnet meinen Freund Bernhard Bachmann getroffen hat. Dass sein Schicksal mit dem Verschwinden der Papiere zu tun hat, steht außer Frage. Findet die Polizei den Mörder, kommt Auf der Maur wieder zu seinen Noten. Gelingt es mir, die Sonate ausfindig zu machen, genießt die Täterschaft nicht länger ihre Freiheit. Wird sich diese Wechselwirkung bei den Ermittlungen als hilfreich erweisen?

Was für Motive stecken hinter dem mutmaßlichen Raubmord? Soll vom Brahmspräsi ein Lösegeld erpresst werden? Fast ist es zu hoffen. Die Übergabe stellte eine Chance für einen gezielten Zugriff dar. Oder solle die heiße Ware unter der Hand veräußert werden?

Geissbühler koordiniert die Zusammenarbeit. Ich informiere in seinem Auftrag die Bibliothek in Krakau, das Brahmsarchiv in Lübeck und die Brahmsgesellschaft in Baden-Württemberg. Damit wäre das Netz ausgeworfen. Ob der Fisch darin hängen bleibt und zusammen mit seiner Beute zum Fang wird, muss sich erweisen.

Hat sich womöglich Perkins das Manuskript zurückgeholt? Konkrete Hinweise fehlen. Eine Befragung würde Klarheit schaffen. Wo ist er zu finden? Hält er sich noch im Berner Oberland auf? Die Überprüfung der Anmeldungen in den regionalen Herbergen und Hotels spricht dagegen. Hauptmann Geissbühler tönt dennoch optimistisch. Die Abkommen zwischen der Schweiz und der Europäischen Union verspricht eine effiziente Zusammenarbeit der Kriminalisten. Im EU-Raum wird Perkins nicht untertauchen können.

*

Ich will mich mit meinem Assistenten besprechen.

Wie gewohnt treffen wir uns dazu in einer Altstadtbeiz. Seit Krakau habe ich von Jüre nichts mehr über die Sache mit den Graffiti gehört. Wie ist der Stand der Dinge? Was hat er inzwischen herausgefunden?

Kaum sitzen wir bei einer Stange Rügenbräu, erkundigt sich mein Assistent: »Hanspudi, haben wir's?«

Ich blicke ihn verwundert an. »Hast *du* es? Wer sind sie?«

»Was, sie?«

»Die illegalen Sprayer, natürlich«, sage ich.

»Ach so. *Die*. Ja. In der Sache habe ich Fortschritte gemacht.«

»Umso besser. Werde konkret.« Irgendwie macht Jüre den Eindruck, als wollte er nicht so recht mit der Sprache rausrücken.

»Was für Fortschritte?«

»Ich habe mich kürzlich auf dem Mühleplatz umgehört. Es scheint, dass die Sprayer beobachtet wurden, als sie dem Rathauswirt die Wand versaut haben.«

»Klasse! Konntest du ihre Namen eruieren?«, frage ich.

Mein Assistent zögert. »Teilweise.«

»*Teilweise* genügt vollkommen. Wenn wir *einen* der Nachtbuben kennen, quetschen wir ihn aus, bis er die Namen seiner Kumpane ausspuckt. Das ist kein Hexenwerk.«

»Na ja«, brummt Jüre undeutlich, so dass ich ihn kaum verstehe. Auch nicht in seiner sonderbaren Zurückhaltung.

Er stellt mir eine Gegenfrage. »Und du, Hanspudi? Was willst du im Fall Bachmann unternehmen?«

»Da denk ich noch drüber nach. Eines steht aber fest: Wenn wir bei unserer Suche nach der gestohlenen Partitur erfolgreich sein wollen, müssen wir noch mehr über Brahms und die Umstände seines Aufenthalts im Oberland in Erfahrung bringen.«

»Wieso spricht du im Plural? Die Noten sind *dir* auf den Leib geschrieben!«

»Ich habe gedacht, dass du vielleicht mithilfst? Jetzt, wo die andere Sache so gut wie erledigt ist.«

Jürg Lüthi strahlt.

Ich freue mich mit ihm. Zu zweit macht's mehr Spaß. Auch das Ermitteln.

»Okay, Chef. Also recherchiere ich, mit wem Brahms in den Sommern der Jahre am Thunersee zu tun hatte«, schlägt Jüre vor.

»Gute Idee«, finde ich.

»An wen denkst du?«

»An die Familien Widmann und Spies beispielsweise«, entgegnet er.

»Denkst du, dass irgendwelche Nachfahren Ansprüche geltend machen könnten?«

»Schon möglich.«

»Warum sollten sie damit ausgerechnet jetzt kommen?«

»Aus dem einfachen Grund, dass sie vom Auftauchen der Papiere gehört haben«, antwortet er.

»Dann los!«, dränge ich. »Suchen wir diese Leute. Hoffen wir, dass sie nicht allzu zahlreich sind. Und dass unseren Komponisten keine Weibergeschichten beflügelten, von denen wir noch nichts wissen.«

Mein Assistent deutet zur Decke, als erwarte er ein himmlisches Zeichen.

»Wo befand sich Brahms Ehefrau eigentlich die

ganze Zeit? Warum hat sie ihm nicht etwas die Flügel gestutzt?«, wundere ich mich.

»Brahms blieb meines Wissens unverheiratet«, erwidert Jüre.

»Ergo handelte es sich bei Hermine um eine heimliche Geliebte«, vermute ich.

»Wozu denn heimlich? Wenn er ledig war, hatte er doch nichts zu verbergen. Er musste höchstens aufpassen, dass die zahlreichen Freundinnen nichts von seinen parallelen Liebschaften mitbekamen.«

»Könnte einer, der mit 57 Jahren noch immer allein lebt und zu mehreren verheirateten Frauen gleichzeitig eine platonische Liebe pflegt, nicht einfach schwul sein?«

»Jüre, wir müssen den Kreis der Täterschaft eingrenzen. Nicht Brahms' Sexualleben auszirkeln. Oder willst du von greisen Mitgliedern der Brahmsgesellschaft mit Rollatoren und Gehstöcken erschlagen werden?«, warne ich.

»Übrigens: Hermine Spies galt zum Zeitpunkt seiner Avancen als Jungfrau«, ergänze ich.

»Woher willst du das wissen?«, zweifelt Jüre.

»Was Brahms' Aufenthalte am Thunersee betrifft, stellt Hermine ohne Zweifel die Hauptattraktion dar. Für sie reiste der alte Charmeur ins Oberland. Ihr widmete er zweideutige Liedtitel wie ›Komm bald …‹.«

»Du treibst mir die Schamröte ins Gesicht«, witzelt mein Assistent.

»Vermutlich gäbe es ohne die verehrte Altistin keine Thuner-Sonate. Bestimmt suchte man vergeblich nach dem Lied ›Wie Melodien zieht es mir leise durch den Sinn‹.«

»Hat Hermine seine Liebesbeteuerungen eigentlich erwidert?«, fragt Jüre.

»Keine Ahnung. Möglich, dass sie sich anfänglich geschmeichelt fühlte und gegen eine Verbindung nichts einzuwenden gehabt hätte. In der Folge realisierte sie aber, dass es Johannes mit den Frauen nie wirklich ernst meinte. Für ihn personifizierte Hermine nur so lange die küssende Muse, als er sich ihrer bedingungslosen Zuneigung nicht ganz sicher sein konnte«, vermute ich.

Jüre stutzt: »Schloss die romantische Episode im Berner Oberland darum ohne Happyend?«

Darauf habe ich keine Antwort. Immerhin weiß ich, wie die Geschichte endete. »Nach drei Jahren geduldigen Wartens verzichtete Hermine definitiv auf Ferien am Thunersee. Sie heiratete kurzentschlossen den Richter Walter Hardtmuth. Der bewies mehr Mut. Sein Pech. Nur ein Jahr nach der Heirat verstarb Hermine als angehende Mutter im Alter von nur 36 Jahren.«

»Was für eine traurige Story«, meint er. »Ob sie den gedankenverlorenen Gesichtsausdruck der Brahmsrösi erklärt?«

»So weit mir bekannt ist, hat sich Hermann Hubacher bei der Schaffung des Werks nicht an die physiognomischen Vorgaben der Sängerin gehalten. Wie weit ihm die Vita der Opernsängerin bekannt war, kann ich nicht abschätzen.«

Jüre nickt. »Jetzt verstehe ich, warum Brahms danach keinen einzigen Wonnemonat mehr am Thunersee verbrachte.«

»Er bevorzugte von da an Baden-Baden als Sommerfrische. Nicht zuletzt wegen den Schumannfrauen.«

»Der ließ schon keine Brahmsröschti anbrennen, der gute Johannes«, kommentiert mein Assistent. Ganz unrecht hat er nicht.

16

»Ich habe mir erlaubt, Ihre Adresse weiterzugeben, Herr Feller«, verkündet Auf der Maur am Telefon.

Großartig, denke ich leicht verärgert. Sollte man mit fremden Daten nicht vorsichtiger umgehen? Ich frage: »An wen denn?«

»Es hat sich bei mir ein Doktorand aus Berlin gemeldet. Er erforscht den Nachlass des deutschen Dirigenten Hans von Bülow.«

»Wie heißt dieser Doktorand?«

»Ähm, wie heißt der nur schon wieder …« Auf der Maur erinnert sich nicht.

»Und was geht uns der Nachlass dieses Dirigenten an?«, will ich wissen.

»Keine Ahnung.«

»Hat er wenigstens angedeutet, worum es sich handelt? Wozu will er sich ausgerechnet mit mir unterhalten? Warum wendet er sich nicht beispielsweise an Sie?«

»Er meinte, dass er *Ihnen* möglicherweise weiterhelfen könne«, gibt Auf der Maur zur Antwort.

»Weiterhelfen? Wobei? Bei der Beschaffung der Notenblätter etwa?«

»Er hat fast so getönt, ja.«

»Woher sollte er Kenntnis haben, dass sie verschwunden sind? Es stand noch nicht in der Zeitung. Herr Auf der Maur, da stimmt was nicht!«

»Wer weiß? Aber ich bin für jeden Hinweis dankbar, der mir die Sonate zurückzubringen verspricht. Ich zweifle nämlich, dass meine Haftpflichtversicherung für den Schaden aufkommen wird.«

»Klar nicht. Ich finde es nur sonderbar, wenn aus dem Nichts ein Flaschengeist auftaucht und märchenhafte Andeutungen macht. So ein Zauber geht mir auf den Geist. Selbstverständlich höre ich ihn mir an. Wann und wo kann ich den Magier denn erreichen?«

»Er wird sich bei *Ihnen* melden, Herr Feller. Dafür habe ich ihm ja Ihre Koordinaten durchgegeben.«

»Na dann«, sage ich, reibe den Telefonhörer wie Aladins Wunderlampe und beschwöre ihn mit dem Zauberspruch Abrakadabra!

Der Spruch verhallt ungehört. Unerhört. Wie wär es mit Mutabor? Simsalabim? Hokuspokus? Nichts.

Noch am selben Tag meldet sich der Student. Er spricht mit Akzent.

Ich will den Unbekannten nicht bei mir zu Hause empfangen. Darum schlage ich vor, gemeinsam zu Mittag zu essen. Immerhin hat er ja versprochen, relevante Hinweise zu liefern.

Ich habe einen Zweiertisch im Restaurant Dampfschiff unter freiem Himmel reserviert. Als ich mich rechtzeitig auf die Socken mache und dem Quai entlang schlendere, lärmt eine ungewöhnliche Riesenpopulation von Enten und Höckerschwänen auf der Aare. Eine dürre Greisin mit großblumiger Schürze verfüttert trockenes Brot. Die unersättliche Gier der Vögel wirkt beängstigend. Umso mehr, als noch aggressive Lachmöven, freche Spatzen und distanzlose Tauben um Brosamen streiten, die der Tierfreundin zu Boden bröseln. Aber die Alte lässt sich vom Geflügel offensichtlich nicht einschüchtern.

Vor einer illustrierten Schautafel bleibe ich stehen. Hier sind verschiedene Arten von Federvieh abgebildet. Demnach bevölkern Hauben- und Zwergtaucher, Stock-, Reiher- und Tafelenten sowie Blässhühner und Gänsesäger die einheimischen Gewässer.

Die Haubentaucher sind im Sommerkleid unverkennbar. Sie erinnern etwas an Herrn Auf der Maur. Ihr zweigeteilter Schopf wippt nämlich lustig auf und ab. Der rotbraune Backenbart wird bei der Balz eindrücklich gefächert. Ob der Brahmspräsi das ebenfalls schafft, muss offen bleiben. Lustig, dass der rote Bart der Ente im Winter einem weißen Nikolausbart weicht. Bei Auf der Maur stellt das weiße Federkleid ein ganzjähriges Phänomen dar. Die gefiederten Kläuse halten ihre dünnen Hälse senkrecht. Sie geben rohe Laute, ähnlich wie Rentiergebrüll, von sich.

Zwergtaucher seien in der warmen Jahreshälfte am kastanienbraunen Hals und dem leuchtend gelben Fleck im Schnabelwinkel zu erkennen, steht da.

Stockenten, die Stammmütter der Hausenten, kennt jeder. Sie kommen häufig vor und ähneln mit ihrem aufgeplusterten Gefieder meiner früheren Chefin. Wie sie schnattern auch die Enten ohne Unterlass.

Blässhühner und -hähne sind streitsüchtige Gesellen. Häufiger noch als die eigentlichen Taucher verschwinden sie kopfüber in den Wellen. Oder sie laufen als flügelschlagende Superstars wie Jesus Christus im Musical der Seespiele über das Wasser.

Ich mag Enten. Besonders an einer Honigsauce, dekoriert mit hauchdünn geschnittenen Orangenscheiben.

Der Doktorand erscheint pünktlich. Sein Äußeres ist mir bereits vertraut. Er trägt blaue Jeans und ein schwarzes, kurzärmliges Baumwollhemd. Kein Zweifel: Es ist Perkins! Mein Informant entpuppt sich als Auf der Maurs Notenbote. Der Berliner ist auch der Pole.

Mit dem Anflug eines Lächelns streckt er mir seine leichenblasse Hand entgegen.

»Herr Feller, nehme ich an?«, fragt er mit einem eigenartig heiseren Klang in der Stimme. »Darf ich mich vorstellen? Tomasz Wójcik.«

Endlich hat er das Geheimnis seines Namens gelüftet. Falls es der richtige sein sollte.

»Guten Tag, Herr Wójcik. Danke, dass Sie vorbeikommen«, begrüße ich ihn.

»Tu ich doch gerne«, sagt er und macht mit seidigen

Wimpern einen unterwürfigen Augenaufschlag. Wójcik wirkt harmlos.

Wie konnte mich dieser nette Mensch an einen irren Hotelier erinnern? Ist dies das Lächeln eines Mörders? Sieht so ein Dieb aus? Er hat im gleißenden Licht der Mittagssonne überhaupt nichts Bedrohliches an sich. Die Sonnenstrahlen glitzern im Wellengang der nahen Seemündung. Ein schöner Ort. Eine spannende Gegend. Besonders im Frühjahr, kurz nach der Schneeschmelze. Darauf treten hier manchmal die Fluten über die Ufer und sorgen in den Weinkellern der Umgebung für einen signifikanten Anstieg des Grundwasserpegels.

Der Chef de Service nimmt die Bestellung persönlich auf. Er hat Zeit. Die Terrasse ist nur spärlich besetzt. Wójcik schlägt vor, ein Sandwich zu konsumieren. »Eine Brahmsjause vielleicht?«

»Sowas kennt man hier nicht«, bedauert der Chef.

Mein Gast erklärt, dass es sich dabei um eine kräftige Brotmahlzeit handle, die auf einem Holzbrettchen serviert werde. Das Brett weicht mir dennoch nicht vom Kopf. Dafür wende ich mich an den Kellner und mache einen andern Vorschlag.

»Wie wär's mit der Kreation eines Brahmsrahmbratens? Ein durchkomponiertes Stück zum vierhändigen Verzehr. Oder eines Brahmsbrechbreis? Eines süßlichen Schwanengesangs für zahnlose Altstimmen mit taktloser Begleitung?«

Entspanntes Gelächter. Im Anschluss daran bestellen wir etwas Richtiges. Zweimal das Tagesmenu für fast 30 Franken. Dazu Rotwein, aus Spiez. Der Gast soll einheimischen Rebensaft kennenlernen. Auch wenn's weh tut.

Meine umständliche Bestellung täuscht über meine Neugierde hinweg. Die wird sogleich gestillt.

Wójcik erzählt unaufgefordert, dass er in der Staatsbibliothek zu Berlin den Nachlass des Dirigenten Hans von Bülow aufarbeite. Das persönliche Ziel liege im Verfassen einer Dissertation an der philosophisch-historischen Fakultät der Universität Warschau.

»Was interessiert Sie an diesem Dirigenten?«, werfe ich ein. Ich gebe zu, seinen Namen zuvor noch nie gehört zu haben.

»Bülow gilt als erster Stardirigent moderner Prägung. Mit seinem Sinn für publikumswirksame Auftritte erwarb er sich den Nimbus eines Genies.«

»Aha. Demontieren Sie nun seinen guten Ruf?«, scherze ich.

»Nein, nein. Das liegt mir fern«, beschwichtigt der Doktorand. »Immerhin fungierten Franz Liszt und Richard Wagner als seine Lehrmeister. Von 1887 bis 1893 dirigierte Bülow die Berliner Philharmoniker.«

Ich hebe die Augenbrauen und senke die Mundwinkel. Dazu nicke ich respektvoll.

Bülow habe Liszts Tochter Cosima geheiratet. Zusammen hätten sie zwei bis drei Töchter gezeugt.

»Was soll das heißen? *Zwei bis drei* Töchter?«

Mein Gast schmunzelt. »Es ist ungeklärt, ob er wirklich der Vater der dritten Tochter war.«

»Mit den heutigen Testverfahren wäre diese Ungewissheit leicht auszuräumen«, werfe ich ein.

»Stimmt. Damals entschied noch ein Prozess über die Vaterschaft.«

»Wer käme sonst als Erzeuger infrage?«

»Sie werden staunen, Herr Feller. Einer seiner verehrten Lehrer.«

Ich warte.

Er klärt mich auf. »Kein geringerer als Richard Wagner. Als die Dirigentengattin mit dem Komponisten eine Beziehung begann, endete die Freundschaft zwischen Bülow und Wagner. Bülows ließen sich daraufhin scheiden.«

»Und das Mädchen?«

»Isolde? Sie galt zu Wagners Lebzeiten als dessen Tochter. Im Jahr 1917 wurde seine Vaterschaft aber erfolgreich angefochten. Zudem tat Bülow drei weitere Dinge: Erstens verheiratete er sich umgehend mit einer Schauspielerin. Fast so, als wollte er seiner Exfrau seinen unversehrten Marktwert demonstrieren. Zweitens fehlten Wagners Werke fortan in den Aufführungen der Berliner Philharmoniker. Drittens offenbarte sich Bülow überraschend als glühender Verehrer eines lachenden Dritten: Johannes Brahms. Bis heute ist Hans von Bülows Bonmot überliefert, ›die erste Symphonie von Brahms sei die zehnte von Beethoven‹. Damit trieb er dem erfolgsverwöhnten Wagner einen Stachel in den Ring seines nibelnden Fleisches.«

»Ganz amüsant, worauf man beim Aktenstudium stoßen kann«, bemerke ich.

Wójcik fährt fort: »Nun ja. Solche Episoden stehen nicht wirklich im Zentrum meiner Fragestellung. Und amüsant endeten sie für Bülow ja auch nicht. Er erlitt anlässlich eines Konzertes in Hamburg nämlich einen Schwächeanfall. Das ganze Gestürm muss ihm zu viel geworden sein. Gustav Mahler übernahm kurzfristig die Vertretung, während der angeschlagene Stardirigent Genesung im trockenen Klima Ägyptens suchte.«

»Auch nicht schlecht.«

»Doch schlecht, Herr Feller. Bülow starb nämlich weitab der Heimat im heißen Kairo. Sein Nachlass wurde darauf nach Berlin verfrachtet. Diese Dokumente sind es, die ich nun unter wissenschaftlichen Kriterien sichte. Dabei sind völlig überraschend die verschollenen Seiten der Thuner-Sonate aufgetaucht. Sie befanden sich zusammen mit anderen Papieren in einer unscheinbaren Mappe. Keiner kam bisher auf die Idee, diese Blatt für Blatt durchzusehen. Der Nachlass wird nur in der Staatsbibliothek als Depositum aufbewahrt. Darum können sich die Erben jetzt die Freiheit nehmen, die Thuner-Sonate zu veräußern. Sie haben mich damit beauftragt. So, jetzt wissen Sie Bescheid, Herr Feller. Oder gibt's noch Unklarheiten?«

»Warum haben Sie das alles nicht auch Herrn Auf der Maur erzählt?«

»Ich sehe ja ein, dass ich die Situation etwas falsch eingeschätzt habe. Aber ich habe nicht erwartet, bei ihm auf Misstrauen zu stoßen, nur weil ich Pole bin.«

»Ich glaube, es war mehr Ihre Zurückhaltung bei der Preisgabe Ihrer Identität, als Ihre Nationalität, die ihn verunsichert hat«, verteidige ich meinen Arbeitgeber.

Wir leeren darauf unsere weißen Martinis. Der Chef de Service schöpft eine sämige Karottensuppe. Anschließend schaben wir an Lammkoteletts. Wir lassen uns dazu das Kartoffelgratin mit gedämpften Lauchrädchen und fein gewürfeltem Sellerie schmecken.

Bei der süßen Erdbeerquarkcreme erinnert mich Wójcik an eine bittere Tatsache: »Offenbar sind Ihnen die Notenblätter abhanden gekommen, Herr Feller?«

»Ähm. Nun ja, es stimmt schon, dass ich momentan den Überblick verloren habe«, räume ich ein.

»Sie untertreiben«, rügt der Doktorand und lächelt milde. »Ein Mann ist zu Tode gekommen und die Manuskripte sind gestohlen worden.«

»Das trifft leider beides zu«, gestehe ich. »Von wem haben Sie es erfahren?«

»Von Herrn Auf der Maur. Sonst kenne ich hier ja keinen.«

Ich nehme an, dass beides der Wahrheit entspricht. Ich ärgere mich über den Brahmspräsidenten. Wozu muss er das herumerzählen? Warum hat er mich der Chance beraubt, das Vermisste wiederzubeschaffen, bevor der Diebstahl publik wird? Jedenfalls erschwert Auf der Maurs Vorgehen meine Arbeit. Jetzt sehe ich mich von meinem Gast sogar in die Rolle des Büßers versetzt. Das missfällt mir eindeutig. Darum starte ich einen gezielten Gegenangriff.

»Ja, und Sie, Herr Wójcik? So viel ich weiß, werden Sie doch von der Polizei gesucht«, fahre ich ihn an. »Warum hat man Sie eigentlich nicht längst erreichen können? Wo haben Sie sich in den letzten Tagen denn aufgehalten?«

Der junge Mann gibt sich überrascht. »Was? Von der Polizei gesucht? Warum denn das?« Erst durchfährt seine linke Gesichtshälfte ein Zucken. Danach hebt er die Schultern und meint abschätzig: »Pah. Kein Problem. Ich werde mich gleich nach dem Essen bei den Behörden melden. Seien Sie beruhigt, Herr Feller. Dass ich nicht gefunden wurde, liegt daran, dass ich ein Bed-and-Breakfast-Angebot gebucht habe. Ich bin privat untergebracht.«

Das lasse ich gelten. »Also, jetzt heraus mit der Sprache! Was haben Sie mir mitzuteilen?«

Wójcik zeigt ein vielsagendes Lächeln. Danach wischt er die Finger an der Serviette ab. Er öffnet das Hemd um einen weiteren Knopf, als unterstriche das Offenheit und Ehrlichkeit. »Ich will Ihnen helfen, die Noten wiederzubeschaffen.«

»Warum wollen Sie das für mich tun?«

»Aber das versteht sich doch von selbst. Weil ich den von Bülows gegenüber die Verantwortung für das Manuskript trage.«

»Wie gedenken Sie mich zu unterstützen?«, frage ich.

»Mir sind all die Menschen und Institutionen bekannt, die sich grundsätzlich um die Sonate bemühen. Es ist möglich, dass dem einen oder anderen Interessenten inzwischen die gestohlenen Noten begegnet sind. Darum ist es von entscheidender Bedeutung, jetzt die relevanten Kontakte zu knüpfen.«

»Einverstanden. Das sind aber eher allgemeine Überlegungen. Wie lautet Ihr konkreter Hinweis?«

Er beschwichtigt mit einem Handzeichen, als wollte er einen Automobilisten zu gedrosseltem Tempo bewegen. »Herr Feller, Sie könnten das Gesuchte möglicherweise in Baden-Baden wiederfinden.«

Das leuchtet mir nicht ein. »Warum dort?«

»Weil die dortige Brahmsgesellschaft alles daran setzt, neue Besitzerin der Partitur zu werden.«

»Was heißt das? Alles?«

»Ich will damit nur andeuten, dass sich der Präsident der Gesellschaft sehr um die Papiere bemüht«, präzisiert der Doktorand.

»Sie sprechen von Herrn Hase?«

»Exakt. Ich kann Ihnen aber verraten, dass Thun, Krakau und Leipzig wohl ebenfalls Angebote unterbreiten würden, sollten die Blätter wieder auftauchen. Dem Endpreis würde Konkurrenz nur gut tun.«

»Ja, aber Sie wissen selbst, dass das Autograf nicht mehr zur Verfügung steht.«

Der Doktorand hebt die Arme. »Dumm gelaufen. Vor allem für Herrn Auf der Maur.« Wójciks Ausdruck verfinstert sich. Im Tonfall eines verzweifelten Teenagers presst er seine Forderung heraus. »Der Präsident wird dafür gerade stehen müssen. Ihm habe ich unter Ehrenwort den Schuber anvertraut.«

»Ja, aber er hat ihn an mich weitergegeben«, wende ich ein, ohne zu überlegen, ob ich überhaupt bereit bin, zusätzlich Schuld auf mich zu laden.

»Das ist für mich irrelevant. Auf der Maur schuldet mir entweder das Unikat oder den Kaufpreis. Und den bestimmen einzig und allein die Besitzer. Aber wie gesagt: Ich rate Ihnen, so bald als möglich nach Baden-Baden zu reisen, um Herrn Hase auf den Hauer zu fühlen.«

Was wird Auf der Maur dazu sagen, eine weitere Dienstreise zu finanzieren?

*

Ich packe das Allernotwendigste.

Es sollen nur zwei Übernachtungen werden. Ich schlüpfe in ein frisches Hemd mit hellblau-weiß-roten Streifen und einem aufgestickten Polospieler.

Dazu wähle ich eine graubraune Jeans und ziehe einen hellgrauen, dreifach geknöpften Weston über. Für die bevorstehende Mission bleiben die Primärfarben sekundär. Ich fahre in braune Wildlederschuhe mit Klettverschluss und Krokodilsticker.

Vordergründig besuche ich Herrn Hase mit dem Anliegen, mit ihm die Valiabilität des Angebots zu diskutieren. Dazu ist er gerne bereit. Er räumt mir kurzfristig einen Termin ein. Der findet morgen Nachmittag statt. Punkt 15.00 Uhr. Hintergründig suche ich aber herauszufinden, ob die vermisste Niederschrift allenfalls in Lichtental versteckt wird.

17

Ich fahre mit dem Zug von Thun nach Basel.

Dort steige ich in den Eurocity EC 100 Richtung Schwarzwald. Beschauliche 169 Kilometer durch liebliches Weinland erwarten mich. Ich mache es mir auf einem Einzelsitz der ersten Klasse bequem und hoffe, dass der Platz gegenüber frei bleibt. Vorsorglich belege ich ihn mit meiner Tasche. Aber es sind nur wenige Reisende unterwegs. Genügend freie Plätze für alle und alles. Man darf sich ungeniert breitmachen. Herrlich! Sodann fährt die Rheintalbahn ab. Mit Heißhunger haue ich in mein Schinkenbrot rein.

Hinter mir hockt eine blondierte Italienerin wie eine pummelige Hummel in einer roten Polsterblüte. Eine blumige Parfumwolke unterstreicht die florale Assoziation. Das fette Insekt summt lange und laut in ein pinkfarbenes Mobiltelefon. Auf dessen Oberfläche glitzern Glasperlen wie Nektartröpfchen. Jede auch noch so kurze Sprechpause beendet das Italobrummerchen mit penetrantem »Bene, bene!«

Zu allem Unglück ruhesuchender Mitreisender beginnt auch der ältere Herr im Abteil *neben* mir zu telefonieren. Ich hasse ihn deshalb spontan und werfe ihm einen genervten Blick zu. Der entgeht ihm. Mir sein verrutschtes Haarteil, das einen kahlen Schädel kaschiert, umso weniger. Der Skalp wirkt wie Medizin. Er hellt meine Stimmung auf. Dank gebührt allen Witzfiguren dieser Welt, die die unergründlichen Pfade meines Alltags queren! Die Schadenfreude besiegt den Ärger über die indiskrete Telefonorgie des unglückseligen Toupetträgers. Der Glücklose erreicht keinen einzigen seiner angepeilten Telefonpartner. Dafür spricht er jedem einen Text auf die Combox. Allen denselben. Dieser endet jedesmal mit dem hoffnungsvollen Satz: ›Es würde mich freuen, von Ihnen zu hören.‹ Wie einsam muss sich ein Mensch fühlen, der mit allen per Sie verkehrt und bei jedem um einen Rückruf bettelt?

Ich beschließe nach dem unfreiwilligen Lauschangriff, die Tastensperre meines Handys aufzuheben. Auch ich halte mich nicht länger zurück. Es wird telefoniert. Auf der Maurs Nummer erscheint auf dem Display. Sie ist besetzt. Ersatzweise stöpsle ich mir die Kopfhörer des iPods in die Ohren. Udo Lindenberg singt: ›Ach wie gut, dass keiner weiß, der Greis, der Greis ist heiß!‹ Ein tolles Lied. Ein großartiger Sänger. Der kurzatmige Grönemeyer und der schmalbrüstige Maffay können mir gestohlen bleiben. ›Der Weg der heißen Greise‹ führt eindeutig nicht ›über sieben Brücken‹! Wie singt unser aller Udo so treffend? ›Alte Männer sind gefährlich, denn die Zukunft ist egal. Alte Frauen sind begehrlich, denn es ist das letzte Mal.‹ Witziger Text. Rockige Melodie. Udo, der Witzbold? Udo, der Rocker? Weder noch. Ich halte ihn eher für einen Chansonier. Zu gerne würde ich Lindenbergs Lieder darum auf Französisch hören. ›S'il-te-plaît, Üdo. Courage, Monsieur Ländanbersch, Montagne des Tilleuls!‹

Später blättere ich unaufmerksam in einer Gratiszeitung. Beim Horoskop verweile ich und amüsiere mich damit, die astrologischen Prognosen für das Sternzeichen des Löwen zu studieren: ›Sie können in einer Angelegenheit mehr verlangen. Geben Sie deshalb selbst alles. Ein Vorgesetzter hat ein offenes Ohr für Ihre Vorschläge. Er wird Sie unterstützen.‹

Auf der Maur wird meine Spesenrechnung schon noch präsentiert bekommen. Dieses Horoskop verrät also nichts Neues. Darum schaue ich beim Aszendenten Krebs nach: ›Die Sterne stehen günstig.‹ Sowas will ich hören! ›Genießen Sie einen ruhigen Tag. Überdenken Sie Ihre nächsten Karriereziele. Gehen Sie diese Schritt für Schritt an.‹

Tönt beruhigend und hoffnungsvoll zugleich. Wie steht es aber mit meinen Karrierezielen? Habe ich solche? Agiere ich nicht am beruflichen Anschlag eines kriminalistischen Laien? Zu welcher Position könnte sich ein Privatdetektiv überhaupt hocharbeiten?

Ich konsultiere den Steinbock in der Hoffnung, hier passendere Aussagen zu finden: ›Gehen Sie unbedingt nach einer bestimmten Strategie vor, dann lösen Sie ein Geheimnis. Sie sollten es aber unterlassen, über jemanden schlecht zu reden, den Sie kaum kennen. Das könnte schlimme Folgen haben.‹

Voilà. Endlich eine brauchbare Prophezeiung! Astrologie als Lebenshilfe und Unterhaltung? Ein paar Minuten später schlage ich eine Tageszeitung auf. Ich stoße auf einen Astronomie-Quiz. Frage 14 lautet: Was ist ein brauner Zwerg?

Die verharmlosende Bezeichnung für einen jugendlichen Neonazi.

Ein Stern, der wenig Licht aussendet.

Ein Planet, auf dem es irdisches Leben geben könnte.

Eine spezielle Form außerirdischer Lebewesen.

Die Vorstufe zu einem schwarzen Loch.

Ich tippe auf e. Das ist falsch. Die Lösungsspalte schlägt b vor. Zu Recht?

18

Baden-Baden, drei Minuten Aufenthalt!

Für mich soll der Besuch drei Tage dauern. Ich steige aus dem Zug und schaue mich um. Lauter Fremde in der Fremde.

Ich unterquere die Geleise, steige zur Bahnhofshalle hoch und verlasse sie durch eine Glastür. Davor wartet ein Taxifahrer mit altem Mercedes. Ich wende mich nach rechts, wo ich einen Bus erspäht habe. Meine Reisespesen brauchen nicht schon zu Beginn ins gute Tuch zu gehen. Erst als ich direkt neben dem öffentlichen Verkehrsmittel stehe, bemerke ich den schriftlichen Hinweis ›Außer Betrieb‹. Also doch: Zurück zum Taxi! Im selben Moment steuert auch ein älteres Ehepaar darauf zu.

Ich gewinne den Wettlauf. Dafür ist die Chance vertan, mich heute als Gentleman zu beweisen.

Die ausgetricksten Fahrgäste fragen dümmlich: »Gibt es noch andere Taxis?«

Der Fahrer antwortet schlagfertig: »Schon. Aber ich bin der Beste.« Dann braust er mit mir davon.

Ankunft im Schweizer Hof, an der Langen Straße beim Robert-Schuman-Platz, einem kostenpflichtigen Parkplatz. Ein weiterer Parkkartenautomat stehe übrigens auch auf dem Erinnerungsplatz seiner Gattin, Clara Schumann. Allerdings am anderen Ende der Stadt, im Lichtental, weiß der Taxichauffeur. »Zu Lebzeiten hatten Schumanns getrennte Ehebetten. Im Tod getrennte Parkplätze.«

Bunte Tücher wehen vom Balkon der ersten Etage des Hotels. Links die deutsche Flagge, rechts die Schweizerfahne. Tröstlich, nach den Gehässigkeiten zwischen Peitschen-Peer und den Indianern geldgieriger Helvetierstämme.

Abgesehen vom Fahnentuch haftet weder Deutsches noch Schweizerisches am Hotel. Die rot-weiße Fassade erinnert eher an einen venezianischen Palast. Vor dem Haupteingang wecken zwei Fahrzeuge zusätzlich italienisches Lebensgefühl. Einerseits ein ferrarirotes Mofa, das meinem Motorfahrrad in der Schweiz zum Verwechseln ähnelt. Andrerseits ein ferrariroter Ferrari 355 Spider F1!

Ein blonder Jüngling sitzt am Steuer. Daneben ein älterer Herr, bekleidet mit Ferraribrille, Ferrarimütze und Ferrarileibchen. Der Greis ist heiß! Darauf entfesselt der Goldengel 380 PS. Das beeindruckende Motorengeräusch vibriert mir noch in den Ohren, als das Geschoss längst aus dem Blickfeld entschwunden ist. Mit 290 Sachen fliegt es dem Schwarzwald entgegen.

An der Rezeption werde ich nicht erwartet. Offenbar hat die Internetbuchung versagt. Zum Glück verfügt das Hotel dennoch über ein freies Einzelzimmer. Ich erkundige mich nach dem Brahmshaus. Der hilfsbereite Concierge reicht mir einen vierfarbigen Faltprospekt.

»Den Brahms finden Sie irgendwo dort hinten, beim Kloster«, sagt er. »Eine halbe Stunde zu Fuß.«

Irgendwo findet man ja immer. Irgendwann. Ich danke, nehme den Schlüssel entgegen und suche meine Bleibe. Unter der eleganten Wendeltreppe befindet sich eine knapp mannshohe, weiße Holzkiste mit verglaster Tür. Nicht mein Zimmer. Die Kombüse erinnert an eine finnische Sauna. Darauf steht in schwarzen Lettern Internet Box. Warm scheint das Licht aus der Kabine, die zum chatten, mailen und googeln einlädt. Vor dieser Hightechsuite steht ein sperriger Kindersitz. Der Nachwuchs bleibt draußen, wenn Mami im Kabäuschen das Mäuschen drückt.

Über einen 15 Meter langen, schmalen Flur im Parterre erreiche ich mein Zimmer. Der Boden ist mit weichem, rotem Spannteppich belegt. Wie in Krakau. Der Hiesige wirkt allerdings neuer. Der Raum mit den hohen Wänden gefällt mir. Schwein gehabt! Trotz verunglückter Buchung. Ein achtflammiger Kronleuchter mit kerzenförmigen Stromsparlampen glitzert über einem Doppelbett und reflektiert die zitronengelben Leintücher. Über dem Kopfende hängt Kunst. Zwei große Dreiecke auf blauviolettem Grund. Das eine ragt mit seiner gelben Spitze nach oben. Das andere leuchtet in Rot. Die beiden Segel trennt ein vertikaler Balken. Darunter deuten horizontale Vierecke einen Schiffsrumpf an. Ein Geisterschiff? Von Geisterhand geschaffen? Es steht jedenfalls keine Signatur unter dem Werk.

Ich verliere keine Zeit. Umgehend mache ich mich auf den Weg zum Treffen mit Doktor Rainer Hase. Sitz der Gesellschaft ist das renovierte Brahmshaus im Vorort Lichtental. Erst in einer knappen Stunde werde ich dort erwartet. Es eilt also nicht.

Der Fußmarsch führt entlang einer prachtvollen Park- und Gartenanlage, der Lichtentaler Allee. Sie bildet die Kulturmeile der Stadt. Gemütlich spaziere ich der Oos entlang Richtung Abtei. Alle paar Meter spannen sich schmale Bogenbrücken über den Bach. ›Vom Glück in Krisenzeiten‹ habe ich auf der Herfahrt in der Zeitung gelesen. Spazieren gehöre angeblich dazu. Es verheiße Glück. Neben Musizieren, Gärtnern, Kochen und Schlafen. Promenieren bedeute Kontemplation als interessegeleitetes Wohlgefallen. Beidem stimme ich zu. Ich gehe, sinne, lüfte den Kopf und halte nach Nonnen Ausschau. Die sollten bald hinter historischem Gemäuer auftauchen. Spazierengehen wird im Artikel als Privileg des Alters gepriesen. Der wahre Weg führe dabei nach innen. Braucht der gehende Mensch deshalb eine gewisse Reife?

19

Nach wenigen Metern zieht ein eindrücklicher Backsteinbau meine Aufmerksamkeit auf sich.

Es handelt sich um die Trinkhalle mit ihrer Tonnendecke über bunten Fresken und erzählerischen Wandmalereien. In der Mitte der Säulenhalle befindet sich der Eingang zur Touristeninformation. Ich trete ein, fische mir einen Prospekt zu den Brahmstagen aus einem Ständer und wende mich um. Das lohnt sich. Dem Informationsschalter gegenüber befindet sich nämlich eine Bar. In drei Getränkeschränken aus Spiegelglas und Edelholz stehen gebrannte Wasser. Über jedem der drei Gestelle prangt der Name eines typisch süddeutschen Drinks: Cuba Libre links, Caipirinha in der Mitte und Mojito ganz rechts vom Fenster der Trinkhalle. Ihre wahre Funktion offenbart sie im Ausschank von Drinks.

Ich verlasse die Bar durch einen Seitengang, der in eine Kaffeestube führt. An der Wand überrascht die großflächige Kopie des Abendmahls von Leonardo da Vinci. Schenkt Jesus Thermalwasser aus?

Jenseits einer ausgedehnten Rasenfläche dominiert das Kurhaus. Im Schatten der langen Fassade sitzen alte Menschen auf weißen Bänken, durch schulterhohe

Mäuerchen und akkuraten Blumenschmuck ordentlich getrennt. Träumen sie vom großen Gewinn im Casino?

Abseits vom pompösen Haupteingang erkenne ich einen roten, senkrechten Balken. Ich entziffere seine Beschriftung: Automatenspiel. Nicht etwa Spielautomaten. Widerspiegelt die Wortwahl die Tatsache, dass die Automaten den Kunden böse mitspielen?

Eine enge, feuchte Steintreppe führt zwischen schmucklosen Handläufen und wucherndem Buschwerk zu einer verglasten Doppeltür hinunter. Das Entree zum Automatenspiel wirkt schäbig, wie der Zugang einer staatlichen Drogenabgabestelle. Darüber bröckelt weißer Verputz um mattgoldene Lettern: Casino Baden-Baden. Grünliche Rinnsale zerfressen die Fassade. Bereits hat sich eines davon bis zum ersten B von Baden vorgewagt. Hinter der Glastür hängt ein Warnschild: ›Wir helfen Ihnen, bevor das Spiel zum Problem wird. Spielen Sie, um Schwierigkeiten oder Sorgen zu entfliehen? Spielen Sie, um Geld für finanzielle Nöte zu erlangen? Sind Sie nicht imstande, mit dem Spiel aufzuhören – ganz gleich, ob Sie gewinnen oder verlieren?‹ Die Automatenspieler an den Spielautomaten sind gewarnt.

Für jene, die sich weder in der Trinkhalle betrunken, noch im Casino ruiniert haben, wartet im Manufaktur-Pavillon eine weitere Versuchung: Die zuckrigen Petits Fours der Konditorei Rumpelmayer, für zwei Euro zehn. Pro Stück? Auf winzigen Kuchenstücken kleben riesige Schokoladenklunker wie Mottenkugeln.

Ich schaue auf die Uhr. Bis zur Begegnung im Brahmshaus bleibt jede Menge Zeit. Ich schlendere darum einem weißen Bau entgegen, dem Museum Frieder Burda. Von weitem grüßt ein Murmeltier. Mit zwei gurkenförmigen Ärmchen winkt das putzige Wesen den Passanten. Oder möchte es Hilfe herbeiholen? Ein Loch im Bauch und ein Schlitz in der Brust lassen Zweifel an seinem Wohlbefinden aufkommen. Solche Löcher sind mir als Hungergefühl vertraut. Nur habe ich mir bisher keinen Schranz dazu gelacht.

Joan Mirós Bronzefigur trägt einen querformatigen Kopf mit lachendem Gesicht. Der hochgestellte Mund markiert an Stelle eines üblichen U-smile ein gewöhnungsbedürftiges C-Lachen. Das fremde Wesen staunt mit nur einem Auge. Eine Knolle ergänzt es, als könnte das Murmeltier durch die Nase sehen. Oder gilt stattdessen die halbmondförmige Augenbraue als zweites Lugerchen?

Von hinten überrascht die surreale Figur mit einem tiefsitzenden Stummelschwänzchen. Meine Verwunderung gipfelt im Titel der Plastik: Er lautet kurz und bündig ›Femme‹. Ich nehme mir vor, am nächsten Tag das Museum von innen zu erkunden, auf weitere surreale Begegnungen gefasst.

Ein paar 100 Meter weiter entdecke ich ein hölzernes, achteckiges Taubenhaus. Auf hohem Mast reihen sich wabenförmige Verschläge in fünf Etagen. Unter spitzem Schindeldach gurrt Gefieder.

Auf Höhe Bertholdstraße wird ein Häuschen von ganz andern Vögeln umschwärmt. In der öffentlichen Toilette gehen Männer ein und aus. Das Turteln der grauen Täuberiche konzentriert sich auf die Damentoilette. Ein gepflegter Rentner verlässt soeben den Bau. Der alte Lustmolch verdrückt sich beschämt zwischen grünen Mülltonnen auf den nahen Parkplatz. Dort steigt er in einen schwarzen Mercedes der S-Reihe.

Ich spaziere weiter.

Da nähert sich der dunkle Wagen im Schritttempo. Ungute Erinnerungen an Krakau werden wach. Ich versuche rückwärts zu äugen, ohne den Kopf dabei merkbar zu drehen. Ein kleines Kunststück. Dem Murmeltier würd's vermutlich gelingen. In dem Moment überholt die Edelkutsche.

Ich trete zur Seite. Auf dem Nummernschild ist zu lesen, was ich vermutet habe: BAD, very bad, der Vogel! Selbstverständlich ist mir nicht entgangen, dass auch all die andern badischen Mobilisten mit dieser diskriminierenden Bezeichnung gebrandmarkt sind. Kratzt das mit der Zeit nicht am Selbstwertgefühl?

*

Linkerhand liegen ziegelrote Tennisplätze brach.

Trotz angenehm trockenem Wetter verzichten sämtliche Aktivmitglieder des Tennisclubs auf ein Match. Nur im Barbereich ist menschliches Leben nachweisbar. Ich will niemandem Vorwürfe machen. Meine Fitnessgeräte verstauben in Thun unter dem Bett. Für aufschlussreich halte ich die Bandenwerbung um die Tennisplätze herum. Grüne Bänder verkünden folgende Botschaften: ›Leben, so wie ich es will. Kuratorium wohnen im Alter. Wenn's um Geld geht.‹

Vor mir geht ein Rentnerpaar. Das Zielpublikum des Kuratoriums. Plötzlich bleiben die beiden stehen, so *wie sie es wollen* und lassen mir den Vortritt. Danach erst erkenne ich den Grund ihres abrupten Marschhalts. Leider zu spät. Ein großer schwarzer Hund stürmt auf uns zu. Ein Vierbeiner der verbotenen Rassen. Wer hat die Bestie auf uns gehetzt? Mir gefriert das Blut wie der Saft eines tiefgekühlten Sonntagsbratens. Mit ihrem geschickten Manöver präsentieren mich die Alten dem Raubtier als Hauptgang. Es gibt keine Möglichkeit, rechtzeitig von der Menükarte zu verduften. Wie soll ich reagieren?

Demonstrativ wende ich den Kopf und blicke nach rechts, als beeindruckte mich der Sturmlauf des vierbeinigen Monsters nicht im Geringsten. So ließen einen aggressive Tiere in Ruhe, habe ich mal irgendwo gelesen. Weiß das der Hund?

Tatsächlich kümmert sich der blutrünstige Köter

nicht um einen eingeschüchterten Tellensohn. Stattdessen umkreist das aufgeregte Tier die beiden Alten. Geschieht ihnen recht. Vielleicht will es nur spielen. Aber wie heißt sein Spiel? Wadenbeißerlis? Fresserlis? Mörderlis?

Ich lächle den beiden Rentnern ermutigend zu. Und haue ab. Kurz darauf prescht der Köter erneut vorbei und stürmt voraus. Dort bellt er schließlich sein Herrchen an. Das sitzt 100 Meter weiter vorn seelenruhig auf einer schattigen Parkbank und amüsiert sich köstlich. Hund und Meister wedeln vor Vergnügen um die Wette. Der Vierbeiner mit seiner kräftigen Rute. Der Zweibeiner mit einem Tannenzweig. Ein besorgter Blick zurück überzeugt mich vom Überleben des Rentnerpaars. Offenbar bevorzugt die Bestie Hundefutter.

Kurz darauf tröstet ein gemeißelter Sinnspruch am Wegrand: ›Harmonie ist die Weltformel, die zugleich als optimale Lebensformel Sinnerfüllung und Orientierung gibt.‹

Nach dem unharmonischen Derby mit dem geifernden Köter genau das Richtige. Die Inschrift allein bringt mich allerdings dem Zustand der inneren Harmonie nicht wesentlich näher. Da gebe ich dem Harmonie-Museum schon größere Chancen. Es muss sich ganz in der Nähe befinden. Ein arg verbogenes Metallschild weist den Weg. Hier haben Vandalen den Harmoniebegriff umformuliert. Die sind offensichtlich nicht nur in Thun eine Plage. Ich steige eine Treppe hoch, die an einem bewaldeten Hang liegt. Auf halbem Weg verhindern gleich zwei Tore Sinnerfüllung und Orientierung. Ein Metallgitter ist mit einem gummierten Stahlseil umwickelt. Vor dem andern Tor hängt eine Messingplakette mit dem Hinweis, dass an ein Weiterkommen nicht zu denken sei: Kein Durchgang!

Enttäuscht und ratlos suche ich nach einer Erklärung. Die finde ich auf dem verblichenen Zettel in einem Glaskasten. Darauf ist die Abbildung einer antikisierenden Götterstatue sowie der Hinweis zu sehen, dass Harmonie ausschließlich am ersten Sonntag des Monats als Weltformel zu erfahren sei. Für jeweils drei Stunden. Reduzieren findige Stiftungsräte den Stiftungszweck der öffentlichen Nutzung auf das absolute Minimum, um vom maximalen Nutzen der Steuerbefreiung zu profitieren? Die Antwort wäre allenfalls im Gebäude zu erfahren, das wie ein griechischer Palast über dem Tal thront.

20

Endlich! Die Cistercienserinnen-Abtei Lichtental.

Falls hier Nonnen hausen, tun sie es dicht am Wasser der Oos, zusammen mit einem mürrischen Hauswart. Der wischt mit einem groben Reisbesen die Einfahrt. Feindselig mustert er mich, als ich kurz stehen bleibe, um mich bei ihm nach dem Museum zu erkundigen. Sein abweisendes Gebaren erweckt den Eindruck eines Haremswächters. Ich verzichte darauf, ihn anzusprechen. Zudem erspähe ich jetzt einen Wegweiser. Darauf steht in braunen Lettern deutlich lesbar ›Brahmshaus‹ geschrieben. Ein fetter Pfeil markiert den Weg dorthin. Er bildet einen rechten Winkel, der nach oben rechts weist. Alles klar. Man gehe folglich zuerst geradeaus, um danach nach rechts abzubiegen. Kinderleicht. Versteht jeder. Vorerst verunmöglicht allerdings noch die Klostermauer das Abbiegen. Ich folge ihr. Sie nimmt kein Ende. Als die Mauer längst hinter mir liegt, stehe ich bereits mitten im Dorf. Orientierungslos. Wo erhebt sich der verflixte Hügel? Ich gehe weiter. Hoffnungsvoll nähere ich mich einer mickrigen Anhöhe, die sich jetzt *links* von mir erhebt. Ist der irreführende Wegweiser am Kloster ein Werk des Haremswächters?

Die Zeit rennt mir davon. Bereits seit zehn Minuten sollte ich bei Herrn Hase erschienen sein. Es passt mir absolut nicht, ihn bei unserer ersten Unterredung warten zu lassen. Pünktlichkeit bleibt in meinen Augen eine fundamentale Tugend. Mit der präzisen Uhr am Handgelenk entfällt eine glaubwürdige Ausrede. Glücklicherweise steht erneut ein Wegweiser am Straßenrand. Dieses Mal weist er nach links. Ich folge ihm vertrauensvoll und lande prompt im Hinterhof eines kobaltblauen Neubaus. Hier gibt es kein Durchkommen. Immerhin glaube ich endlich die Fassade des Museums erspäht zu haben. Nach weiteren 50 Metern treffe ich an der Maximilianstraße auf die Werbetafel der Brahmsgesellschaft e. V.

Erwartungsvoll blicke ich zu einem 200 Jahre alten Gebäude hoch. Ein herziges Häuschen steht auf einem schnuckligen Högerli. Eine schmale Treppe führt durch einen steilen Garten voller Stiefmütterchen. Die Fassade des Baus ist mit weißen Schindeln bedeckt, im typischen Stil der Schwarzwälder Bürgerhäuser des 19. Jahrhunderts. Hell gestrichene Fensterläden verstärken den freundlichen Eindruck. Ein lauschiger Balkon liegt seitlich im Schatten hoher Tannen.

An der Hauswand prangt eine Schrifttafel: Sommerwohnung 1865–1874. Dabei ein fast ausradierter Pfeil mit dem schwer lesbaren Text: Eingang Museum. Man zweifelt. Weiter sind die Öffnungszeiten und der Hinweis vermerkt: Außerhalb dieser Zeiten telefonische Vereinbarung. Dann los! Die nahe Kirchturmglocke hat längst die volle Stunde geschlagen.

Weil das Haus an den Hang gebaut ist, befindet sich der Eingang auf der Höhe des ersten Stockwerks. Das Museum mit den beiden Mansardenzimmern, die Brahms bewohnte, liegt unter dem spitzen Satteldach. Er soll die einfache Wohnung bei der Advokatenwitwe Clara Becker gemietet haben, um in Clara Schumanns Nähe zu leben. Sie hatte sich zuvor in der Oosstadt ein Häuschen gekauft.

Ich betätige eine elektrische Klingel. Nichts geschieht. Das Museum wirkt ausgestorben. Zur Rechten fällt ein altertümlicher Glockenzug über einem Messingschild ins Auge: Bitte ziehen. Bitte weiterziehen? Unverrichteter Dinge? Keinesfalls! Ich werde hoffentlich seit einer Viertelstunde von Meister Lampe erwartet.

Tatsächlich öffnet sich jetzt die Eingangspforte einen Spaltbreit. Eine gepflegte Dame im kanariengelben Pullover macht mich darauf aufmerksam, dass das Museum geschlossen sei. Wie übrigens jeden Donnerstag.

Um Öffnungszeiten habe ich mich nicht gekümmert. Schließlich habe ich ein Rendezvous. Davon will sie aber nichts wissen.

»Wenn Doktor Hase einen Termin hätte, wüsste ich das. Ich bin die Geschäftsführerin der Brahmsgesellschaft, Zauner«, verrät sie mir.

»Freut mich, Frau Zauner«, antworte ich. »Herr Hase sollte mich längst erwarten.«

»Kaum. Unser Präsident ist heute gar nicht anwesend.«

Mir fällt auf, dass ich in dieser Stadt bereits zum zweiten Mal nicht erwartet werde. »Das enttäuscht mich. Vor Tagen habe ich per Mail eine Verabredung fixiert. Heute bin ich extra aus der Schweiz angereist. Liegt hier allenfalls ein Missverständnis vor? Könnten Sie nicht versuchen, Herrn Hase telefonisch zu erreichen?«, frage ich.

»Hören Sie, Herr …«

»… Feller«, sage ich.

»Herr Feller. Ich stecke mitten in den Vorbereitungen zu den Brahmstagen. Haben Sie Verständnis, dass ich mich nicht um Ihr Anliegen kümmern kann«, wehrt sie ab.

Ich insistiere: »Ein kurzer Anruf sollte doch drin sein. Sonst geben Sie mir seine Nummer. Ich vertrete immerhin die Thuner Brahmsgesellschaft und reise im Auftrag ihres Präsidenten, Herrn Professor Auf der Maur.« Den Professor habe ich ihm spontan verliehen, in der Hoffnung, damit Eindruck zu schinden.

Es funktioniert. Frau Zauner renkt ein. »So treten Sie halt mal ein. Schauen Sie sich im Museum um. Ich werde in der Zwischenzeit versuchen, Doktor Hase zu erreichen.«

Ich könnte ihr um den Hals fallen. »Danke sehr. Das ist wirklich freundlich von Ihnen.«

Über ein paar Treppenstufen steige ich ins Dachgeschoss. Dort liegt allerlei Werbematerial auf einem Tischchen. Ich überfliege den Text des obersten Prospekts: Begrüßungscocktail in der Belétage des Kurhauses, Mitgliederversammlung in Brenners Parkhotel. Fünf Konzerte, darunter die Lichtentaler Sinfonie Nr. 2 in D-Dur. Das Programm und eine schöne Broschüre zum 40-jährigen Bestehen der Brahmsgesellschaft lassen vermuten, dass es ihr finanziell gut geht. Ich zweifle nicht daran, dass die Gesellschaft auch über die Mittel verfügt, die Thuner-Sonate zu erstehen. Das belegt zudem eine teure Plakatkampagne mit dem Konterfei des jungen Komponisten. Brahms in Baden-Baden. ›Manche glückliche Stunde habe ich da verlebt und manche hübsche Note geschrieben, traurig und lustig …‹, wird er zitiert.

Auf mein Glück warte ich noch. Hoffentlich kommt das Treffen zu Stande. Ich betrete Brahms' blau tapeziertes Arbeitszimmer. Es erscheint mir überraschend eng und niedrig. Hier wird ausgewähltes Mobiliar der damaligen Zeit ausgestellt. Ein blank polierter Sekretär, ein Schreibtisch, eine Chaiselongue und ein schmales Klavier. Neben dem Instrument steht eine schwere Bronzebüste des bärtigen Künstlers auf einem dünnbeinigen Schemel. Die Wände voller Bilder, Porträts aus allen Epochen. Sie belegen eine Metamorphose: Vom gutaussehenden Jüngling zum fetten Bartli. Die Schlafkammer daneben ist noch beengender. Ein schmales, kurzes Bett mit großblumigem Überwurf relativiert den privilegierten Lebensstil des berühmten Komponisten. An der niederen Wand über dem Kopfende des Bettgestells hängt eine Karikatur, die den weißhaarigen Brahms am Flügel zeigt: Molto furioso! Am Fußende lädt eine Bronzebüste Clara Schumanns zu Spekulationen ein. Was hat sie in Johannes' Schlafgemach verloren?

Von unten ist Frau Zauners frohe Ankündigung zu vernehmen: »Er ist unterwegs!«

Hoffentlich meint sie Herrn Hase. Ich blättere in der Jubiläumsschrift. Auf einer der letzten Seiten sind die Förderer der Gesellschaft aufgelistet: Unter anderen das Badische Tagblatt, die Volksbank, ein Hotel sowie eine stattliche Anzahl von Privatpersonen. Professor Norbert Hunckel, Uli und Jutta Schnellmann, Doktor Jens-Friedrich und Elisabeth Bornhaus, Elisabeth Gerlach und andere.

Hinterher knarren die Stufen. Nichts da, von leisen Pfoten. Mümmelmann tritt auf, schwer atmend und triefnass. Die lange Gartentreppe hält fit. Er entschuldigt seine 20-minütige Verspätung und erspart mir somit, ihm meine eigene zu beichten.

»Guten Tag, Herr Feller. Warten Sie schon lange?«, fragt er, wohl aus Verlegenheit.

Ich kann ihn beruhigen. »Kein Problem, Herr Hase. Es freut mich, Sie persönlich kennenzulernen. Frau Zauner war so freundlich, mir in der Zwischenzeit das Museum zu öffnen.«

»Sehr gut. Setzen wir uns ins Büro«, sagt er und hoppelt voraus. »Die Stühle im Museum sollten verschont werden.«

»Selbstverständlich.«

»Wie geht es Herrn Auf der Maur?«, erkundigt er sich.

»Gut. Er lässt Sie grüßen«, behaupte ich. »Leider ist es ihm momentan nicht möglich, selbst herzureisen. Er ist mit Abschlussprüfungen an der Musikschule beschäftigt. Ich soll in seinem Namen ein paar Dinge klären. Es hat sich nämlich Sonderbares ereignet, über das ich mich gerne mit ihnen unterhalten würde.«

»Sie haben bereits in Ihrem Mail so was angetönt und mich neugierig gemacht. Worum handelt es sich?«

»Nun. Ihre Brahmsgesellschaft ist meines Wissens bereits im Besitz von diversen Autografen«, beginne ich.

»Stimmt. Wir bewahren beispielsweise das sogenannte Frankfurter Vorspielbüchlein von Clara Schumann auf. Allerdings nicht hier im Museum. Zu riskant. Das Büchlein liegt in einem Banktresor. Es enthält handschriftliche Bemerkungen zu ihren Musikschülern und belegt ihre Unterrichtspraxis. Weiter sind wir stolz darauf, das Manuskript des Streichquintetts Nr. 1 in F-Dur Opus 88 von Johannes Brahms unser eigen zu nennen.«

»Die Gesellschaft scheint bei Kasse zu sein«, stelle ich fest.

Herr Hase lacht. »Das täuscht gewaltig. Das Streichquartett beispielsweise haben wir geschenkt bekommen. Von Frau Elisabeth Furtwängler, der Witwe des großen Dirigenten.«

»Aha. Vergibt die Gesellschaft nicht alljährlich ein Stipendium?«

»Seit 1989 kennen wir die Vergabe eines Förderpreises für die herausragende Interpretation eines Werks von Brahms. Zudem stellen wir Musikern, Komponisten und Musikwissenschaftlern das Studio im Erdgeschoss des Hauses als Arbeits- und Wohnmöglichkeiten zur Verfügung. Das wird sehr geschätzt. Unser Studio gilt als das best besuchteste Hotel Baden-Badens«, fügt Hase an und lacht, dass seine Löffel wackeln. »Wenn Sie sich für das Stipendienwesen interessieren, Herr Feller, dann kann ich Ihnen verraten, dass eigentlich nur die Brahmsgesellschaft Schleswig-Holstein einen wirklich namhaften Beitrag leistet. Sie vergibt alljährlich den mit 10 000 Euro dotierten Brahmspreis an Künstler wie Leonard Bernstein, Dietrich Fischer-Dieskau oder Simone Young.«

»Also an all diejenigen, die es am nötigsten haben«, spotte ich. Noch eine Brahmsgesellschaft mehr? Wie kommt es, dass ich bisher nichts von ihr gehört habe? Spielt auch sie im Wettrennen um die Thuner Manuskripte eine Rolle?

»Wo befindet sie sich genau?«

»In Heide. Sie hütet dort ebenfalls ein sogenanntes Brahmshaus. Ein Witz. Das einzige authentische Brahmshaus ist das unsere. Das Geburtshaus in Hamburg wurde während des letzten Weltkriegs zerstört. Sein Wohn- und Sterbehaus in Wien wurde abgerissen. Die Brahmswohnungen in der Schweiz und in Ischl existieren ebenfalls nicht mehr.«

Die altertümliche Türglocke schellt erneut. Die Geschäftsführerin öffnet dem ungebetenen Besuch. Nur bruchweise verfolge ich ihr Gespräch, während Langohr weiter mümmelt.

»Nein, tut mir leid. Heute geschlossen«, wehrt Frau Zauner ab. »Kommen Sie morgen wieder …«

Eine weibliche Stimme mit Schweizer Akzent fleht: »Es war so umständlich bis hierher. Diese verflixte Allee zieht sich unglaublich. Bitte lassen Sie mich doch einen kleinen Augenblick hinein.«

Frau Zauner bleibt hart. »Das geht leider nicht. Kommen Sie morgen«, wiederholt sie ungehalten.

Die Schweizerin resigniert: »Ja also. Können Sie mir wenigstens sagen, welcher Bus zur Stadtmitte führt?«

Das interessierte mich auch. Leider entgeht mir die entsprechende Antwort.

Herr Hase mustert mich. Ich habe gerade nicht hingehört. Wie lautet seine letzte Bemerkung? Peinlich.

Rasch stelle ich darum eine Gegenfrage: »Seit wann gibt es Brahmsgesellschaften?«

Er lächelt überlegen. Da weiß er Bescheid. »Anfang

des 20. Jahrhunderts wurde in Berlin die erste deutsche Brahmsgesellschaft gegründet. 1943 verbrannten ihr nachfolgend sämtliche Unterlagen beim Simrock-Verlag in Leipzig.«

»Das verstehe ich jetzt nicht. Was machten die Berliner Papiere in Leipzig?«

»Sie kennen Simrock?«, will Hase wissen.

»Ja. Brahms' Verleger, nicht wahr?«

»Richtig. Nun, vielleicht versuchte er während des Krieges die Unterlagen nach Leipzig in Sicherheit zu bringen. Sie sind jedenfalls für immer verloren. 1945 wurde die Berliner Gesellschaft aufgelöst. Erst 20 Jahre später haben wir sie hier wieder gegründet.«

Die Sache mit Simrock könnte sich als bedeutsam erweisen. Er war der Verleger der Thuner-Sonate. Ihm hat Brahms damals die Handschrift gesandt. Bisher habe ich angenommen, dass der einzig erhaltene Satz in Krakau aus dessen Besitz stammte. Jetzt zweifle ich. Wurde das Notenheft in Leipzig zusammen mit den Unterlagen der ersten Brahmsgesellschaft ein Raub der Flammen? Aber woher stammte der erste Satz dann? Stellen die Thuner Papiere wirklich die Ergänzung zum Krakauer Manuskript dar? Erneut erwacht die Befürchtung, dass die Geschichte der wundersamen Auferstehung der himmlischen Noten auf raffiniertem Kalkül habgieriger Fälscher basiert.

Herr Hase fährt fort: »In den 70er-Jahren wurde übrigens noch eine weitere Brahmsgesellschaft gegründet. In Hamburg, der Geburtsstadt Brahms'. Und meines Wissens soll es auch in den USA und in Japan noch Brahmsgesellschaften geben. Bisher haben wir mit ihnen keinen Austausch gepflegt.«

Das will ich gar nicht wissen. Ich frage mich nur, ob Herr Hase den Austausch mit den Notendieben pflegt. Nichts hat bisher darauf hingewiesen. Wie ist Wójcik überhaupt darauf gekommen, die Badener Brahmsgesellschaft zu verdächtigen? Will er mich an der Nase herumführen? Oder hoppelt der Hase hinter den Ereignissen her? Ist ihm das Diebesgut noch gar nicht angeboten worden? Wer hat eigentlich vorhin unten an der Tür genervt? Hätte Frau Zauner den unerwarteten Besuch aus der Schweiz besser vorgelassen? Wer war die Landsmännin? Eine veritable Landfrau? Jetzt werde ich es wohl nie erfahren.

Falls Herr Hase tatsächlich bereits Besitzer der Brahmsschrift wäre, hätte er sich vermutlich etwas anmerken lassen. Ein Angsthase wie er könnte mich nicht täuschen. Andererseits habe ich Mirós Murmeltier die Femme auch nicht angesehen. Muss man bei Nagetieren besonders vorsichtig sein?

Trotz gewisser Zweifel werte ich unser Gespräch mehrheitlich als Erfolg. Zwei Dinge sind mir nämlich klar geworden: Doktor Hase scheut das finanzielle Engagement und Risiko im Namen der Gesellschaft. Zweitens: Er zählt auf die Großzügigkeit seiner Gönner. Baden-Baden wartet noch auf die Sonate.

Genau wie Thun. Wem bringt Geduld schneller Rosen? Der Brahmsrösi?

21

Mit dem öffentlichen Bus möchte ich zur Stadtmitte zurückfahren.

Leider fehlt mir Kleingeld für eine Fahrkarte. Über dem Schlitz des Noteneinzugs leuchtet der Hinweis: Außer Betrieb. Offenbar eine Lieblingsformulierung der städtischen Busbetriebe. Keiner da, der mir aushelfen könnte. Unentschlossen folge ich dem Gehsteig. Nach kurzer Zeit erblicke ich bereits die nächste Haltestelle. Dahinter steht ein Kiosk. Ich erstehe mir eine Cola, um zu Münzen zu kommen. Dafür fehlt hier ein Billettautomat. Ich warte dennoch auf den Bus. Im Wagen kann ich kurz darauf eine Karte lösen. Entspannt setzte ich mich auf den einzigen freien Sitz. An der Fahrzeugdecke lese ich, dass man sein Ticket umgehend zu entwerten habe. Ich befürchte, mit gültigem aber ungestempeltem Fahrschein in eine Kontrolle zu geraten. Sofort springe ich auf. Das Unabdingbare wird erledigt. Ebenso rasch wird hinter mir mein Platz besetzt. Bitte sehr. Gern geschehen!

Beim Leopoldplatz steige ich aus. Ich schlendere die Lange Straße hinunter. Im Eiscafé Pierrot gönne ich mir einen Eisbecher mit Mandellikör. Meine eigentliche Mission in Baden-Württemberg ist erfüllt. Von jetzt an will ich den Aufenthalt nur noch genießen. Entspannt bummle ich zum Jesuitenplatz, steige zwischen dem Bürgerbüro und einer Buchhandlung eine steile Treppe hoch. Eine überproportionierte Bismarckfigur dominiert im engen Aufstieg. Resignierte die Stadt auf der Suche nach einem passenderen Standort? Weiter oben erhebt sich die Stiftskirche Liebfrauen. Dahinter ragen auf dünnen Stelzen drei rotgebrannte Amphoren über die Dächer. Kunst im öffentlichen Raum. Ein Hängegleiter segelt am Himmel, direkt in der optischen Verlängerung der Krüge. In einen davon droht er nächstens zu verschwinden, wie eine kleine Fledermaus in einen Vorratstopf.

Linkerhand befindet sich ein altes Badehaus. Dort ist der Dampf längst entwichen. Heute dient es als Museum. Ich besuche die Ausstellung des einheimischen Genre- und Landschaftmalers Victor Puhonny. Eine verschneite Ansicht von Lichtental hat es mir besonders angetan. Das Brahmshaus kann ich darauf allerdings nicht lokalisieren.

*

Nach so viel gepinselter Natur zieht es mich wieder nach draußen.

Unmittelbar hinter dem Museum liegt eine terrassierte Gartenanlage, die als Florentinerberg bezeichnet wird. Ein botanisches Kleinod. Die üppige, mediterrane Vegetation duftet nach Ferien an der Côte d'Azur. Ich erklimme die vielen Treppen Richtung Schloss. Zwischen Dattelpalmen, Feigenbäumen, Pinien und Zypressen hindurch bieten sich mir herrliche Ausblicke auf die Altstadt. Das außergewöhnliche Kleinklima wird seit dem 17. Jahrhundert für den Anbau von Wein und Zitrusfrüchten genutzt. Die Thermalquellen, die am Fuß des Hangs entspringen, versehen den Terrassengarten zusätzlich mit einer Bodenheizung.

Auf der Sitzbank zwischen mannshohen Kameliensträuchern flegeln zwei versiffte Säufer. Sie scheinen von meiner Ankunft keine Notiz zu nehmen. Ich umgehe die beiden und setze meine botanischen Erkundungen in einem dichten Bambushain fort.

Irgendwann beschließe ich den Abstieg zum Marktplatz. Ich durchstreife sorglos die Kameliensträucher. Das ist mein Pech. Bevor ich nämlich begreife, was hier abgeht, hat sich mir ein Trinker in den Weg gepflanzt. Der andere verunmöglicht mir den Rückzug. Ich stecke in der Klemme, zwischen zwei Bierfahnen.

»Eh, Süßer, rück raus!«, kläfft mich der Vordermann an.

Ich suche keinen Streit, denke an die heile Haut und verzichte ungern auf meine unversehrten Schneidezähne. Gehorsam angle ich nach Münzen.

»Nö, is' nich' alles, ode'?«, wird reklamiert. Hinter mir grunzt der andere: »Gib alles!«

Stimmen nähern sich. Werden die Banditen gleich von mir ablassen und fliehen? Kommen mir anrückende Touristen zu Hilfe?

Die Alkis drängen mich in die Sackgasse einer engen Terrasse unter exotisches Astwerk. Auf der einen Seite verhindert ein eiserner Gitterzaun jegliches Entkommen. Hangabwärts versperrt mir eine überwucherte Trockenmauer den Fluchtweg. Was soll ich tun? Abwarten, bis Hilfe eintrifft? Ich flehe diesen Moment herbei. Als er da ist, macht sich an Stelle von Erleichterung Verzweiflung breit.

Unbeschwert wandert eine vierköpfige Familie mit Kleinkindern um die Ecke. Ich kann nicht riskieren, diese braven Leutchen in ein Handgemenge mit ungewissem Ausgang zu verwickeln. Das Familienoberhaupt schaut zwar fragend zu mir herüber. Ich hoffe aber, dass er sich *nicht einmischt*. Ich verhalte mich darum ruhig. Mit einem erzwungenen Grinsen suche ich Normalität vorzugaukeln. Gleichzeitig flehe ich innerlich darum, dass der Papa meine verzweifelte Lage *erkennt*. Er soll Hilfe organisieren! Hat er verstanden? Wird er gleich sein Handy zur Hand nehmen? Ruft er die Polizei? Werde ich gerettet?

Die Mutter der Kinder meint im Vorbeigehen: »Chömet Ching, göht!«

Landsleute sogar! Aber was hilft es mir? Die Schweizer Familie verschwindet plaudernd über die steile Treppe.

Jetzt brüllt mich der vordere Kerl an: »Los, du Idiot!« Er schlägt der Bierflasche den Boden weg. Mit dieser Waffe bedroht er mich, die messerscharfe Bruchstelle an meiner Gurgel. Das macht Eindruck. Ich klaube das restliche Geld aus den Taschen.

»Also. Warum nich' gleich so?«, dröhnt der hintere und versetzt mir unnötigerweise eine Kopfnuss.

Ich zucke zusammen. Mit der einen Hand halte ich mir den malträtierten Schädel. Das finden die beiden lustig. Mir fällt es schwer, ihren Sinn für Humor zu teilen. Immerhin lassen sie mich endlich entwischen. Ich stürze den Florentinerberg hinunter, ohne mich ein einziges Mal umzublicken. Den Sturmlauf stoppe ich erst vor dem Seiteneingang der Liebfrauenkirche.

Schwer atmend betrete ich das Gotteshaus. Ich setze mich erschöpft auf eine der hinteren Holzbänke. Wie ein seekranker Leichtmatrose erhole ich mich mutterseelenallein im Kirchenschiff. Wie die Wellen einer Sturmflut preschen düstere Gedanken durch meinen brummenden Schädel: Was war das soeben? Ein zufälliger Überfall? Hoffentlich *nur* das. Oder muss hinter der gewalttätigen Begegnung ein gezielter Einschüchterungsversuch vermutet werden? Haben die besoffenen Kerle aus Eigeninitiative oder im Auftrag gehandelt? Warum hat es *mich* erwischt? Ausgerechnet! Schon wieder!

Da tritt unverhofft eine Frau aus dem Halbdunkel des Kirchenschiffs. Sie spricht mich mit Namen an: »Ja, gibt's denn das? Herr Feller? Wie geht es Ihnen?«

Das zuletzt Gehörte passt.

22

Ich schildere Eleonore Günther, der Musikverlegerin aus Thun, den Überfall am Florentinerberg.

Sie tröstet mich. Sie ist so lieb. Liebfrauentrost!

»Sie Armer. So ein Riesenpech.«

»Halb so schlimm, Frau Günther«, beschwichtige ich. Fast wird mir ihre Fürsorge zu viel.

»Soll ich Sie zur Polizei begleiten, Herr Feller?«, fragt sie.

»Nicht nötig. Ich gehe auch gar nicht dorthin«, wehre ich ab.

Sie wundert sich.

»Wozu Zeit auf dem Posten verplempern? Was könnte ich im besten Fall erreichen? Die Verhaftung der beiden Täter?«

»Ja, zum Beispiel«, meint sie.

»Ach was«, wehre ich ab. »Die sind den Behörden vermutlich längst bekannt. Was haben Kreaturen wie die beiden Alkoholleichen zu verlieren? Jedenfalls weniger, als ich zu gewinnen.«

»Und Ihr Geld?«, sorgt sich Frau Günther.

»Die paar Scheinchen? Die sind nicht der Rede wert. Die armseligen Banditen haben bloß 30 Euro sowie Kleingeld erbeutet. Lächerlich.«

Frau Günther nickt verständnisvoll. »Sie werden den Verlust verschmerzen?«

»Den ja. Die Kopfnuss weniger. Der Schrecken sitzt mir in den Knochen.«

»Die sind glücklicherweise ja heil geblieben. Das allein zählt«, beschwichtigt sie.

Das ist mir spätestens seit dem Attentat in Krakau mehr als bewusst. Noch immer beschäftigt mich dieser Vorfall fast täglich. Die offenen Fragen sind es, die mir dabei zu schaffen machen. Wer wollte mir dort ans Lebendige? War ich Ziel der Attacke oder Opfer einer Verwechslung?

Nach einer halben Stunde verlassen wir gemeinsam die Kirche und betreten den Marktplatz. Von da weg verfolgen wir eigene Wege, aber erst nachdem wir uns zum Nachtessen verabredet haben. Frau Günther hat den Italiener an der Luisenstraße vorgeschlagen. Den kenne ich zufälligerweise. Das Ristorante Garibaldi ist mir heute Nachmittag aufgefallen, weil sich daneben der Standplatz für schwere Motorräder und leichtgewichtige Platzhirsche befindet. Die demonstrieren hier jugendliche Lässigkeit, während für Garibaldis Klientel Italianità zelebriert wird.

Ich kehre in mein Hotel zurück, dusche, flegle auf dem Bett herum und mache mich rechtzeitig zum gemeinsamen Essen mit Frau Günther auf. Es ist überraschend ruhig geworden in der Bäderstadt. Vereinzelt flanieren Menschen durch die Gassen. Kurz nachdem ich auf der

Terrasse Platz genommen habe, überquert meine Trösterin mit hinreißendem Lächeln die Straße.

Ich springe auf. »Schön, Sie wiederzusehen, Frau Günther.«

Sie setzt sich an den gedeckten Tisch und lächelt mich an. Prompt werde ich rot wie eine Jungfrau beim Anblick eines Hotdogs. Gemeinsam studieren wir die Karte. Wir einigen uns auf dasselbe Menu. Als Vorspeise wählen wir die hausgemachte Cremesuppe vom Muskatkürbis.

»Herr Feller, wollen wir uns nicht duzen?«, schlägt sie vor.

Mir ist das mehr als recht. »Gerne. Ich bin der Hanspeter.«

»Freut mich, Hanspeter. Ich die Eleonore.«

Wir erheben die Gläser und stoßen mit fruchtigem Riesling aus Ortenau an.

Wenn ich ehrlich bin, fällt es mir schwer, sie Eleonore zu nennen. Es ist in der Schweiz kein häufiger Name. Was noch mehr ins Gewicht fällt, ist der unglückliche Umstand, dass er mich irgendwie an Loriot erinnert. Oder heißt seine Partnerin Edeltraut? Ich nenne sie kurz und bündig Ellen.

»Ja klar. Ellen gefällt mir. Welches Kürzel soll ich für dich wählen, Hanspeter?«

»Ich bin der Hanspudi«, sage ich. Wir erheben die Gläser erneut. Der kühle Weiße rinnt leicht durch durstige Kehlen, aus denen anschließend ein synchrones, langgezogenes ›Aah!‹ erklingt.

Frische gebratene Gänseleber mit karamellisierten Apfelspalten an einer Trüffelsauce bestimmt den Hauptgang.

»Wann bist du denn angekommen, Hanspudi?«

»Gestern um 13.50 Uhr, mit dem ICE 100 ab Basel.«

»Was für ein lustiger Zufall. Da sind wir mit demselben Zug gereist. Hattest du am Bahnhof auch Schwierigkeiten, ein Taxi zu erwischen?«, will sie sich weiter informieren.

Ich erröte leicht. »Eigentlich nicht.«

»Machst du hier Ferien?«, setzt sie ihre Fragerei fort. »Zum Baden?«

»Ja, auch. Das habe ich für morgen vorgesehen. Im Friedrichsbad«, antworte ich.

»Hat dort nicht der amerikanische Schriftsteller Mark Twain Inspiration gesucht und Transpiration gefunden?«, fragt sie.

»Stimmt, das habe ich auch irgendwo gelesen. Dazu ist sogar ein Zitat überliefert: ›Here at the Friedrichsbad you lose track of time within 10 minutes and track of the world within 20.‹«

Ellen lacht und läßt damit offen, ob sie den Spruch besonders witzig findet oder bloß an seiner Übersetzung scheitert.

»Und was tust *du* hier, Ellen«, frage ich, als hätte ich selbst bereits erschöpfend Auskunft gegeben.

»Ich mache Abklärungen zu Johannes Brahms«, antwortet sie.

Hab ich's doch geahnt! Dass sie mir so leichthin die Wahrheit sagt, überrascht mich allerdings. Neugierig hake ich nach: »Was sind das für Abklärungen?«

»Weißt du, Hanspudi ...« Sodann unterbricht sie sich selbst, um abrupt das Thema zu wechseln. »Entschuldige. Ich merke gerade, dass ich mit dem *Hanspudi* Mühe habe. Hast du etwas dagegen, wenn ich dich wieder Hanspeter nenne?«

Ich bedaure ihren Themawechsel und verneine. »Nein, kein Problem.«

»*Hanspudi* tönt in meinen Ohren nach Pudel oder Bauch«, entgegnet sie.

»Erhebst du damit Anspruch auf *deinen* vollen Namen, Eleonore?«

»Nein, nein. Ellen ist okay.«

Zum Kaffee gibt's Panna cotta an pfeffriger Himbeersauce. Eine kleine Sünde auf einem riesigen Dessertteller. Ein großer Abend, was das Kulinarische anbelangt. Ein Flop hingegen, was das Geheimnis um Ellens Mission betrifft. Nicht das Geringste habe ich ihr entlocken können. Leider habe ich sie auch nicht dafür gewinnen können, mich ins Thermalbad zu begleiten. Dabei herrscht morgen doch gemischter Betrieb!

*

Am zweiten Tag meines Aufenthalts besuche ich Mirós Murmeltier und das weiße Haus dahinter.

Über interne Rampen durchquere ich eine offene Folge von hellen Ausstellungsräumen. Das gefilterte Tageslicht beleuchtet variantenreich die kostbaren Exponate. Selbst die Toiletten hinter dem Museumsshop lohnen eine Visite. Der Bau erinnert an das Museum für zeitgenössische Kunst in Barcelona. Eine gute Erinnerung. Wieso sollte ein Stararchitekt wie Richard Meier seine bewährten Sterne nicht an verschiedenen Orten funkeln lassen? In der Malerei garantiert Repetition den wiedererkennbaren Stil. Er wird vom breiten Publikum gesucht. Die Freude am Wiedererkennen scheint dem Entdeckergeist überlegen.

Anschließend locken die Thermalquellen am Fuße des Schlosshügels. Das Friedrichsbad beeindruckt mit pompösem Portal und großzügiger Eingangshalle. Umso beengender wirken danach die modernen Umkleidekabinen. Ich absolviere einen Badeparcour über 16 Stationen. Splitternackt. Dampf- und Sprudelbäder, Tauchbecken sowie Massagen sorgen für maximale Entspannung. In den Becken tümpeln auffallend viele Asiaten. Bleiche Japanerinnen mit rasierter Scham hüpfen unter reich verzierten Kuppeln von Wanne zu Wanne. Das größte Becken unter der schönsten Decke ist leider mit unangenehm kaltem Wasser gefüllt. Statt mich lang darin zu räkeln und mit dem Kopf im Nacken die gold- und bronzefarbenen Rocailles zu bewundern, fliehe ich in das kniehohe Nass eines handwarmen Sprudelbads. Alle paar Minuten durchquert eine gestrenge Aufsichtsperson in weißer Bekleidung die vernebelten Räume. Es herrscht, abgesehen von den Wassergeräuschen, absolute Stille, klinische Sauber- und Anständigkeit. Die Japanerinnen vermeiden jeglichen Blickkontakt. Sie verzichten glücklicherweise auch auf das mädchenhafte Gekicher, das bei andrer Gelegenheit nervt.

Ich genieße die Unterwassermassage der Luftdüsen und ergebe mich einem mäandrischen Gedankenfluss. Wäre die Sache am Florentinerberg nicht geschehen, erinnerten die letzten Tage an Urlaub. Nicht zu vergessen die kulturellen Höhepunkte oder die überaus erfreuliche Begegnung mit Eleonore Günther. Leider reist sie bereits heute in die Schweiz zurück. Ihre unverhoffte Eile hat mich überrascht. Es sei von Beginn weg so geplant gewesen, hat sie sich entschuldigt. Sie hat mich mit einem baldigen Wiedersehn in Thun vertröstet.

Abgeschlossen wird die feuchte Tour im Friedrichsbad in einem kreisrunden Ruheraum. Hier herrscht Totenstille. Ein ernsthafter Bademeister wickelt mich auf einem hohen Schragen wortlos in vorgewärmte Tücher und Decken. Wie verpuppte Seidenraupen liegen die Kurgäste der konkaven Wand entlang. Arme und Beine stecken bewegungsunfähig im Kokon. Ich ergebe mich der Nachwirkung des Thermalwassers und döse vor mich hin. Die heilsame Kur befreit unheilsame Gedanken. Wäre es nicht ein Kinderspiel, mir jetzt ein Kissen aufs Gesicht zu drücken, um mich lautlos zu ersticken? Falls ich je selbst einen Mord planen sollte, stünde der Ruheraum des Friedrichsbads ganz oben in der Merkliste der idealen Tatorte. Ob meine ehemalige Chefin, die Progyrektorin Lilo Barben-Bigler ab und zu in der Bäderstadt weilt? Aber möchte ich ihr tatsächlich im Bad begegnen? Sie splitternackt und mit rasierter Scham, womöglich? Diese grauenhafte Vorstellung beendet meine Unruhephase. Wenigstens für das eine Mal verhindert sie die mörderische Gedankentat.

Mit weichen Knien und schwammiger Haut verlasse ich das Thermalbad. Unter den roten Sonnenstoren auf Leos Terrasse bestelle ich einen Cappuccino. In lackierten Korbstühlen räkelt sich die internationale Kundschaft. Ich freue mich auf ein Konzert im Festspielhaus. Auf dem Gehsteig dorthin gefährden mich wiederholt Radfahrer mit ihrer rücksichtslosen Fahrweise. Wer kam im zuständigen Amt auf die sonderbare Idee, Velos auf den Gehsteig zu verweisen? Und warum parken Autos auf der Straße, direkt daneben? Daneben finde ich das. Das, sowie die Tatsache, dass Taxis ungeniert in der autofreien Fußgängerzone herumkurven.

Ansonsten lässt es sich in der Bäderstadt aber ungeniert leben. Das größte Kompliment verdient zweifellos die Stadtgärtnerei für die Pflege der blühenden Pracht allüberall.

Nach dem herzerwärmenden Gesang blau uniformierter Sängerknaben im Festspielhaus locken die Lokale der Altstadt. In einer Touristenfallen am Jesuitenplatz verzehre ich Truten-Tournedos an Kräutersauce mit Duchessekartoffeln, Pfälzern und Erbsen. Birnenkompott mit Schokoladenstreuseln rundet das bodenständige Mal ab. Es fehlt mir an nichts. Kulinarisch gesehen. Ich vermisse nur die Gesellschaft von Ellen. Schade, sie ist bereits abgereist. Dem Hochgefühl der gesättigten Wampe weicht Wehmut. Deprimiert stelle ich fest, dass die Nacht in wehendem Galopp einbricht. Ihr schwarzer Umhang bläht sich im Wind. Die Lichter der Stadt stäuben wie Funken unter ihren Hufen.

Am nächsten Morgen erlebe ich eine böse Überraschung. Als ich die Hotelrechnung mit der Kreditkarte begleichen will, wird diese vom Gerät abgelehnt. Mein Kredit sei ausgeschöpft. Wie ist das möglich? Ich kann mich nicht erinnern, die Karte diesen Monat überhaupt schon benutzt zu haben. Ich ahne Ungemach und bereue, vor der Reise gutgläubig Kartennummer und Kontrollzahl auf der Internetseite der Hotelreservation eingegeben zu haben. Wie konnte ich so unvorsichtig sein? Nach einem Rückruf bei der Kartenfirma funktioniert sie wieder. Sofort danach lasse ich die Karte aber definitiv sperren. Das Geld ist trotzdem weg, bis zum Limit. Wird sich der Master kulant zeigen?

Zeitig verlasse ich das Hotel am Festspielhaus. Auch heute überzeugt prächtiges Wetter. Es tröstet über den Kartenbetrug hinweg. Die Rückfahrt zum Bahnhof unternehme ich mit dem Bus, als müsste ich sofort mit Sparen beginnen. Auf der Tour geht mir ein Licht auf. Endlich verstehe ich, warum Baden-Baden seit 1931 nicht mehr bloß Baden heißt. Nicht aus Angst, mit Baden bei Wien oder Baden in der Schweiz verwechselt zu werden. Nicht mit der Absicht, damit auf die Bäder aufmerksam zu machen. Auch nicht in der Meinung, der Stadt mit der Verdoppelung zu mehr Renommee zu verhelfen. Baden-Baden ist genau so zweigeteilt, wie es die Stadtbezeichnung vorgibt. Einerseits existiert ein Territorium der einheimischen Bevölkerung. Das liegt irgendwo zwischen Bahnhof und Verfassungsplatz. Andererseits gehen Bilder der Innenstadt mit guten Hotels und prominenter Kundschaft um die Welt. Neu- und Altstädter baden getrennt. Dennoch bleiben sie verbunden, durch einen winzigen Bindestrich, der in Wirklichkeit etwa sieben Kilometer misst.

Ich warte im Coffee Fellows, dem stilvollendetsten Bahnhofcafé Süddeutschlands, auf den ICE nach Basel. Braune Ledersessel umgeben kantige Salontische aus dunklem Edelholz. In geflochtenen Übertöpfen wuchern Palmen und Papyrushalme. Von der Rückwand prangt das brauntonige Fresko eines jugendlichen *Fellow* über dem weißen Schriftzug des

Lokals. Aus kleinen Boxen ertönt diskreter Jazz von der Decke. Hier *wartet* man nicht, man *chillt*.

Ein paar Minuten vor Einfahrt des Zugs verschiebe ich mich nach Perron fünf. Es bietet einen eher trostlosen Blick über eine stark befahrene Hauptstraße, auf wildes Grasland, kahle Erdhügel und den lindengrünen Hangar der Fliegergruppe Gaggenau. Glücklicherweise rollt der ICE 71 pünktlich ein. Ich verlasse die Bäderstadt um 11.26 Uhr Richtung Schweiz. Bis Basel lässt sich kein Schaffner sehen. Ich habe meine Ruhe. Damit wird es in der Schweiz mit Sicherheit ein Ende haben.

Was ist in der Zwischenzeit am Thunersee passiert? Hat die Polizei eine heiße Spur entdeckt? Sind die Behörden Bachmanns Mörder auf den Fersen?

23

»Das freut mich«, sagt Herr Auf der Maur und bittet mich einzutreten.

Aus dem Hintergrund tönt Stimmengewirr. Die Mehrheit der Konzertbesucher scheint bereits eingetroffen zu sein. Der Gastgeber führt mich in den Salon der Seefeldvilla. Hier sind zwei Duzend unterschiedlichster Stühle und Sessel in Reih und Glied angeordnet. Neben dem Flügel stehen drei metallene Notenständer bereit. Mehrere Mikrofone lassen vermuten, dass das Konzert aufgezeichnet werden soll. Der Brahmspräsi drückt mir ein fotokopiertes Programm in die Hand. Auf der Vorderseite prangt das Antlitz der Brahmsrösi.

Ich schaue mich um, nicke hierhin, grüße dahin. Ganz besonders freue ich mich darauf, Ellen wiederzusehen. Zuvor stellt mich der Gastgeber noch einem süddeutschen Ehepaar vor. Sie seien speziell für dieses Konzert aus Baden-Baden angereist.

»Bornhaus?«, wiederhole ich. Der Name kommt mir bekannt vor. Allerdings kann mich im Augenblick nicht erinnern, woher. Ich schätze die beiden um die sechzig. Er etwas älter als sie. Frau Bornhaus hat ihr mittellanges, gekraustes Haar in einem künstlich wirkenden Rotbraunton koloriert. Er erinnert an die Eierfarbe, die aus Zwiebelschalen gewonnen wird. Wer weiß? Ovale Brillengläser betonen ihr österliches Eiergesicht. Fehlt nur eine bunte Schleife im Haar.

Die Hornbrille von Herrn Bornhaus korrespondiert mit seiner weiß-grauen Haarpracht. Trotz angenehmer Temperatur trägt er eine hellbeige Jacke mit grünem Stehkragen. Die beiden Reversspitzen werden mit goldfarbenen Metallknöpfen auf die Brust gepinnt. So eine Art Jäger- oder Trachtenlook. Bei uns kennt man sowas aus dem Musikantenstadel. Unter dem traditionellen Kittel haut ein unkonventionelles, violettes Seidenhemd mit Krawatte wie die Faust aufs Auge. Der Gast aus Deutschland scheint damit glücklich zu werden. Jedenfalls grinst er ununterbrochen mit steifer Oberlippe.

Seine Begleiterin trägt ein sandfarbenes Leinenkostüm mit Hemdkragen. In der rechten Armbeuge baumelt eine lederne Handtasche. Viel zu wuchtig für den Anlass.

Unruhig schaue ich auf meine Armbanduhr. Wo Jürg Lüthi nur bleibt? Er wird mit seiner reizenden Gattin und dem Adoptivsohn erwartet. Auf einem hochlehnigen Stuhl studiere ich den Programmzettel. Es spielt das Oberländer Kammerorchester Vive pro Musica. Die vier Musiker werden mit Porträtfotos vorgestellt.

An der Violine: Jasmin Josi, eine 20-jährige

Konsistudentin mit langem, blondem Haar und stahlblauen Augen. Sie trägt einen engen, schwarzen Jupe sowie eine einfache, weiße Bluse. Im Ausschnitt schimmert der sanfte Glanz aufgereihter Zuchtperlen.

Die Viola spielt Jesica Dumoulin. Ich schätze sie um die 30. Sie präsentiert sich in einem schwarzen Hosenanzug. Dazu hat sie ebenfalls eine weiße Bluse kombiniert. Vermutlich haben sich die Frauen abgesprochen. Am Kragen funkeln die Steine einer länglichen Silberbrosche. Am linken Ringfinger strahlt ein goldener Ehering Verbindlichkeit aus.

Marianne von Fischer, eine mollige, kurzhaarige Brünette am Violoncello, trägt praktischerweise Hosen aus schwarzem Stretchgewebe. Dazu eine cremefarbene Seidenbluse mit geknoteter Schleife um den Hals. Kein sichtbarer Schmuck. Ihr traute ich aber glatt ein verstecktes Piercing zu. Frau von Fischer stellt nach Bachmanns Ausscheiden zweifellos das erfahrenste Mitglied von Vive pro Musica dar.

An den Flügel wird sich der 35-jährige Musiker Andreas Widmann setzen. Sein unbezähmbarer Lockenschopf fällt ihm auf dem Foto in eine hohe Denkerstirn, über die vertikal eine vier Zentimeter lange Narbe verläuft. Auf den Wangen erzählt großporige Haut von einer schlecht ausgeheilten Akne.

Drei Kompositionen Johannes Brahms' stehen auf dem Programm. Das Konzert wird mit dem dritten

Klavierquartett, Opus 60, in c-moll eröffnet. Darauf folgt die mit Spannung erwartete Violinsonate. Nach der Pause sollen abschließend die vier Sätze des ersten Klavierquartetts, Opus 25, in g-moll erklingen.

Die Hausglocke hat erneut geschellt. Tomasz Wójcik ist eingetroffen. Mit entspannter Mimik steuert er auf mich zu. »Hallo, Herr Feller.«

»Da wären wir wieder«, sage ich, ohne zu überlegen, was der Konjunktiv zu suggerieren hat.

Er lächelt still und nickt.

Lüthis betreten den Raum. Sie versprühen etwas Glamour inmitten der braun-beigen Gesellschaft. Marie-Josette stöckelt auf hohen Absätzen in den Raum. Die schlanke Brünette hat ihr langes Haar zu einer kunstvollen Frisur hochgesteckt. Ihr lilafarbenes, hautenges Sommerkleidchen weist auf Hüfthöhe einen geknoteten Stoffgürtel auf, dessen Enden bei jedem Schritt zur Seite schwingen. Große Ohrringe und eine ganze Batterie von goldenen Armreifen vermitteln den Eindruck südlicher Lebensfreude. Jüre sehe ich zum ersten Mal in einer eleganten, dunkelblauen Hose mit Bundfalten und schräg eingesetzten Taschen. Über dem schwarzen Ledergürtel bauscht sich ein blütenweißes Baumwollhemd, bis fast zur Mitte hinunter aufgeknöpft. Wie ein offenherziger Latinolover. Er reicht mir die Hand. Seine belgische Gattin küsst mich links, rechts und links auf die Wangen. Marie-Josette verströmt einen wundervoll blumigen Jasminduft. Erinnerungen an sorglose Ferientage in Nordafrika werden wach und an eine hartnäckige Diarrhöe. Stefan grüßt mit einem schelmischen »Hanspudi«. Dazu bleiben seine Hände in den Taschen der ewiggleichen Schlabberjeans wie eingenäht stecken.

Frau Bornhaus hält sich in unsrer Nähe auf. Jetzt findet sie es für angebracht, mit abfälligem Seitenblick auf den Jungen die Bemerkung loszuwerden: »Das sind aber schöne Hosen!«

Gewinnt man mit derartigem Gegacker junge Menschen für die klassische Musik? Muss sich die Jugend in Schale werfen, um als Brahmsküken akzeptiert zu werden? Ich strafe das alte Suppenhuhn mit einem abfälligen Blick.

Dann erinnere ich meinen Assistenten an unseren Auftrag. »Jüre, es wäre sinnvoll, wenn wir uns für das Konzert im Raum verteilen. Ich habe soeben einen Anruf von Hauptmann Geissbühler erhalten. Er bittet uns, die Gäste zu beobachten, uns Auffälligkeiten zu merken und sie ihm anschließend zu rapportieren. Er selbst wird später zu uns stoßen.«

»Auffälligkeiten? Was versteht er darunter?«, hakt Jüre nach.

Frau Bornhaus hebt fragend den Kopf. Marie-Josette lächelt ihr zu, obschon ihr die Deutsche unbekannt sein muss. Beide Frauen schweigen. Stefan latscht davon.

»Das hat er nicht präzisiert«, antworte ich ihm. »Offenbar vermutet er Bachmanns Mörder unter den Konzertbesuchern. Er hat jedenfalls eine entsprechende Andeutung gemacht.«

»Das tun wir doch auch, Hanspudi. Darum sind wir heute anwesend, oder?«, erklärt mein Assistent.

»Stimmt. Nur mit dem Unterschied, dass wir in erster Linie die Präsenz des Notendiebs annehmen. Dass Dieb und Mörder identisch sind, muss erst noch bewiesen werden«, entgegne ich.

»Okay. Ich werde mich nach hinten in den Salon setzen.«

»Ja, sehr gut, verschaffe dir einen Überblick«, pflichte ich Jüre bei. »Ich mische mich weiter vorn unter die Gäste.«

Herr und Frau Bornhaus haben sich inzwischen lautlos entfernt. Da fällt es mir auf einmal wieder ein. Ihre Namen stehen in der Jubiläumsschrift auf der Gönnerliste der Brahmsgesellschaft Baden-Baden.

Die Gäste nehmen die Plätze ein. Die Musiker begeben sich mit den Instrumenten vor das Auditorium. Zu meiner großen Freude steuert Ellen auf mich zu.

»Hanspeter. Ist der Platz neben dir noch frei?«, fragt sie mit siegesgewissem Lächeln.

Ich erhebe mich kurz. Einladend weise ich auf den Stuhl zu meiner Linken. Wenn mich Ellen nur nicht allzu sehr ablenkt. Ich darf den Hauptzweck meiner Anwesenheit keinesfalls aus den Augen verlieren.

Auf der Maur pflanzt sich vor das Publikum und hält eine Rede. »Sehr verehrte Damen und Herren, liebe Freunde. Ich begrüße Sie zum jährlichen Hauskonzert der Brahmsgesellschaft Thun. Schön, dass uns einmal mehr ein musikalischer Leckerbissen erwartet. Sie werden eine Art Uraufführung erleben. Längst hat sich herumgesprochen, dass heute Abend die Thuner-Sonate nach dem wiedergefunden Original aufgeführt werden soll. Was für eine Freude!, kann man da nur ausrufen.« Anschließend ändert sich sein Tonfall. »In die Freude mischt sich aber auch Trauer. Trauer und Bestürzung.«

Jeder ahnt, was Auf der Maur gleich mitteilen wird.

»Ursprünglich war für den heutigen Abend Bernhard Bachmann als Violinist vorgesehen gewesen. Aber, Sie wissen es bereits, er weilt nicht mehr unter uns. Ein kaltblütiger Mörder hat ihn uns entrissen. Als langjähriger Freund des Verstorbenen erlaube ich mir die Annahme, dass es in seinem Sinn wäre, unser Konzert dennoch stattfinden zu lassen. Ich danke Frau Josi an dieser Stelle ganz besonders dafür, dass sie kurzfristig für Herrn Bachmann einspringt und das Quartett auch in Zukunft zu ergänzen beabsichtigt. Ich bin überzeugt, dass sie sich als Brahmsinterpretin durchsetzen wird.«

Ellen neigt sich zu mir und flüstert: »Die Josi ist sogar noch besser als der Bachmann, du wirst sehen.«

Ich nicke wortlos. Was hat es mit dieser Behauptung auf sich?

Auf der Maur hebt zu einer Laudatio an: »Als einzigartiger, herausragender, unnachahmlicher Brahmsinterpret wird Bernhard Bachmann unvergessen bleiben. Als geistiger Übervater und Gründer von Vive pro Musica wird er das Spiel zukünftiger Interpretinnen und Interpreten weiterhin beeinflussen. Darf ich Sie daher bitten, sehr verehrte Gäste, liebe Freunde, sich jetzt zu einer Schweigeminute zu erheben?«

Der Präsident faltet die Hände wie zum Gebet. Die Konzertbesucher stehen auf. Hiernach setzen sich alle wieder hin und der Gastgeber fährt in etwas heitererem Ton fort: »Ich danke dem Kammerensemble schon im Voraus für ihren Vortrag. Er wird uns die unverwechselbare Meisterschaft jenes Komponisten in lebendige Erinnerung rufen, dessen Werk zu pflegen seit je im Zentrum unserer Gesellschaft steht. Vertiefen wir uns in die Klangwelt von Johannes Brahms, liebe Freundinnen und Freunde, tun wir es ihm gleich: Vergessen wir alles Schreckliche. Denken wir nur Musik!«

Arthritische Hände klatschen freundlichen Applaus. Der Gastgeber verneigt sich. Darauf nimmt er den Platz ein, der in der ersten Reihe für ihn freigehalten worden ist.

Ich sitze in der dritten Reihe. Direkt vor mir hat eine kleingewachsene, mir unbekannte Dame Platz genommen. Sie trägt ein dunkelgrünes Deuxpièces mit beigem Kragen und den Duft von Lavendel. Zu ihrer Rechten hat sich mit Geächze ein Greis niedergelassen.

In der ersten Reihe sitzt Frau Bornhaus. Auf den Knien liegt ein Notenheft bereit, das sie ihrer auffälligen Handtasche entnommen hat. Die Gute will sich offenbar vom fehlerlosen Spiel überzeugen.

Überraschenderweise hat ihr Ehemann einen Platz hinter mir und nicht neben seiner Gattin eingenommen. Warum sitzen die beiden getrennt? Distanz als Ausdruck von Dissonanz? Entflieht Frau Bornhaus den gutturalen Lauten ihres Gatten? Er räuspert sich, kaum ertönen die ersten Akkorde. Oder sind die beiden so lange miteinander verheiratet, dass sie es vorziehen, auf getrennten Plätzen unterschiedlichen musikalischen Genüssen zu frönen? Sie dem Detail aus der Nähe? Er dem distanzierten Klangerlebnis? Was kümmern mich die Eigenheiten ihres ehelichen Zusammenspiels? Sie foutieren sich offensichtlich um die gesellschaftliche Wirkung ihrer getrennten Sitzordnung.

Wójcik verfolgt das Konzert aus seitlicher Perspektive. Er hat sich seinen Platz nicht in der bereitgestellten Bestuhlung gesucht, sondern mit halbem Gesäß an einem hölzernen Fensterbrett über dem verschnörkelten Radiator Halt gefunden. In der Schwebe. Ob er so bis zur Pause durchhält?

Die restlichen Anwesenden sind mir unbekannt. Es handelt sich höchstwahrscheinlich um Mitglieder der Gesellschaft.

Nach einer halben Stunde melancholischer Klänge ist der erste Programmpunkt verklungen. Frau Dumoulin und Frau von Fischer erheben und entfernen sich ein paar Schritte. Der Pianist und die Violinistin blättern derweil in den Noten. Mit leichtem Nicken gibt Jasmin Josi das Startzeichen. Das Publikum fällt in andächtiges Lauschen. Ich beobachte Frau Bornhaus im Profil. Erinnert ihr verzückter Gesichtsausdruck nicht an Hermann Hubachers Nackedei? Die vollen Backen und die gesenkten Augenlider teilt sie offenkundig mit der Brahmsrösi. Ellen neben mir habe ich beinahe vergessen.

Frau Bornhaus knistert beim Umblättern mit den Noten. Das stört empfindlich. Die ersten beiden Sätze sind verklungen. Auch der dritte nähert sich dem Ende. Da lässt der deutsche Gast unverhofft das Notenheft auf das Parkett knallen. Sofort neigt sich die Ungeschickte vornüber, um das Heft aufzuheben. Hinter mir hüstelt ihr Gatte in kurzem Stakkato. Auf der Maur wendet den Kopf ruckartig von links und rechts, als suchte er das Ausmaß der allgemeinen Verärgerung abzuschätzen. Das Publikum bleibt gelassen. Im selben Augenblick verhallt der Schlussakkord. Nach kurzem Schweigen entlädt sich ein für geriatrische Verhältnisse frenetischer Applaus. Der

Brahmspräsi entbietet seine Ovationen im Stehen. Er bewegt zumindest die Rüstigeren der Konzertbesucher, es ihm gleichzutun. Nach angedeuteten Bücklingen entschwinden die Musiker in die Pause.

Ich schlendere zwischen den Konzertbesucherinnen und -besuchern umher. Allzu gerne würde ich Frau Bornhaus gegenüber eine Bemerkung wegen ihrem Malheur fallen lassen. Leider kann ich sie nirgends erblicken. Stattdessen kommen Marie-Josette und Jüre auf mich zu.

»Comme c'était merveilleux!«, ruft Marie-Josette begeistert aus. Zu ihrem Mann meint sie: »Jürg, wir sollten öfter mal ein Konzert besuchen.«

Jüre tut, als habe er den Vorschlag überhört. »Was war denn los, bei euch vorn, zum Schluss?«

»Einer Dame ist das Notenheft entglitten«, sage ich.

»Et voilà«, ruft Marie-Josette aus. »Warum hat sie kontrollieren müssen, statt tout simplement die Musik zu genießen? Hat sie befürchtet, die Musiker laissent tomber quelques notes?«

»Noten unterschlagen?«, wiederholt Jüre und hänselt: »Ist das nicht deutschen Steuerallergikern vorbehalten?«

Marie-Josette wendet sich mit gespielter Entrüstung an ihren Gatten: »Mais dis-donc, Chéri!«

Wójcik tritt zu uns. Er klärt die Situation. »Es ist gang und gäbe, dass Musikprofis mit dem Notenheft auf den Knien in Konzerten hocken, Madame Lüthi. In der Warschauer Oper tun es die Musikstudenten gleich scharenweise. Sie sorgen mit dem koordinierten Umblättern für unüberhörbares Rascheln.«

»Quand même«, erwidert Marie-Josette. Ihr Liebling schaut zu Boden, als wäre ihm der Einwand seiner Frau peinlich. Darauf plätschert das destillierte Wässerchen des gepflegten Smalltalks. Ich erkundige mich nach dem Filius.

»Der hat sich in den Garten verzogen, glaube ich«, sagt Marie-Josette.

Durch die offene Verandatür erblicke ich zwar keinen Stefan, dafür das Badener Paar. Sie stehen dicht beieinander und diskutieren heftig. Bornhaus fuchtelt mit den Armen, als verstreute er imaginäre Notenblätter in den Wind. Seine Frau wirkt aufgewühlt. Weint sie?

Der Gastgeber erscheint. »Hat es sich gelohnt?«

»Was für eine Frage, Herr Auf der Maur«, antworte ich stellvertretend für das ganze Grüppchen. »Es hat geklungen wie auf Ihrer CD. Die muss ich Ihnen übrigens noch zurückgeben.«

»Das hat keine Eile, Herr Feller. Leider hat der akustische Zwischenfall die heutige Aufnahme versaut.«

»Sie sprechen von Frau Bornhaus?«

»Ja. Immerhin hat sie sich bereits bei mir entschuldigt.«

»Kann man das Geräusch nicht herausfiltern?«, schlage ich vor.

»Doch. Könnte man. Aber das ist aufwendig. Wir werden die Aufnahme wiederholen müssen. Das verzögert das Erscheinungsdatum der CD. Leider.«

Ellen verharrt für einen kurzen Augenblick mit starrem Blick. Dann gleitet ein Lächeln über ihr Gesicht.

»Sind die Unterschiede zwischen der alten und der neuen Interpretation eigentlich nicht nur für Fachleute hörbar?«, wagt Marie-Josette zu fragen.

»Heute nicht mal für die«, wendet Herr Bornhaus ein, der sich dazugestellt hat.

»Wie meinen Sie das, Herr Doktor?«, erkundigt sich Auf der Maur irritiert.

»Das wissen Sie als Brahmsspezialist doch genau.«

»Nein. Drücken Sie sich ruhig deutlicher aus«, fordert er.

»Im dritten Satz hätten die Musiker eine staccatierte Spielweise intonieren sollen. Genau das und nur das wäre das Originale an der Thuner-Sonate gewesen. Aber ausgerechnet diesen kleinen Hüpfer haben sie verpasst.«

»Sie haben es also bemerkt, Herr Bornhaus«, stellt Auf der Maur bedauernd fest. »Genauso wie Ihre werte Gattin. Darum muss ihr das Notenheft entglitten sein. Aus lauter Schreck.«

Ich zeige mich überrascht. »Woher wissen Sie eigentlich von der Differenz zwischen Vorlage und Druck, Herr Bornhaus? Nach meiner Meinung hat außer uns keiner die Originale zu Gesicht bekommen.«

»Oh doch, Herr Feller. Sie vergessen mich«, wendet Wójcik lächelnd ein, während er sich zu uns gesellt. »Die Musiker haben nach der Druckversion gespielt. Das hat mich auch überrascht. Soeben habe ich mich bei Frau Josi nach dem Grund erkundigt. Offenbar handelt es sich um einen Kommunikationsfehler von Vive pro Musica.«

»Oder um böse Absicht?«, mutmaßt Jüre.

Seine Bemerkung verhallt ungehört. Hingegen stellt seine Gattin enttäuscht fest: »Folglich war das heute gar keine Premiere.«

»Leider nein«, bestätigt Auf der Maur. »Das dürfte allerdings den wenigsten aufgefallen sein.« Der Gastgeber wendet den Blick zu den Musikern, als er ein gedehntes »Soo« verlauten lässt: »Wir sollten.« Er setzt ein gewinnendes Lächeln auf und ruft in die Menge: »Herrschaften, wenn Sie bitte zum zweiten Teil des Konzerts Platz nehmen wollen!«

Wie alle andern folge ich seiner Aufforderung. Ich schaue um mich. Dabei fällt mir ein freier Stuhl auf. Vor der Pause war er mit Sicherheit besetzt. Ich versuche mich zu erinnern. Wer saß dort während der ersten Konzerthälfte? Rasch löst sich das Rätsel: Es war Frau Bornhaus. Jetzt ist sie weg! Wird sie im letzten Augenblick auf Fußspitzen hereinschleichen? Wird sie abermals die Aufnahme stören? Oder ist sie von der konventionellen Interpretation des einhundertsten Opus enttäuscht? Hat sie darum einen vorzeitigen Abgang beschlossen?

Die jungen Musiker stimmen ihre alten Instrumente. Danach erklingen die beruhigenden Akkorde des ersten Klavierquartetts. 40 Minuten später steht definitiv fest: Elisabeth Bornhaus bleibt weg. Die süddeutsche Brahmsliesel glänzt durch Abwesenheit.

24

Nach dem Konzert bleiben die Gäste zum kalten Buffet, das auf der großzügigen Terrasse serviert wird. Eine reiche Auswahl belegter Brötchen erschwert die Festlegung der Reihenfolge des genussvollen Verzehrs. Erfahrungsgemäß greift man frühzeitig nach den Köstlichkeiten mit Kaviar, Lachs und Krevetten. Schinken- und Salamibrötchen bleiben länger vorrätig. Die Konzertbesucher schnattern und schnabulieren wie kürzlich die Enten am Brahmsquai. Da geschieht Unglaubliches!

Belegte Brötchen bleiben auf belegten Zungen kleben, matschige Häppchen in zugeschnürten Gurgeln stecken. Die wenigen Glücklichen, die gerade nichts im Munde führen, schlucken leer.

Vom Garten und vom Salon gleichzeitig nähert sich ein halbes Duzend uniformierter Polizisten. Die Gäste sehen sich augenblicklich von grimmigen Beamten umzingelt und verstummen.

Hauptmann Geissbühler tritt in Zivil unter die verdutzten Gäste. Er kommentiert die martialische Szenerie: »Sehr verehrte Damen und Herren, entschuldigen Sie unseren Überfall.« Angesichts des verursachten Schreckens tut Beruhigung Not: »Machen Sie sich keine Sorgen. Es geht nur darum, die Personalien aller Anwesenden aufzunehmen. Nähere Auskünfte über die Hintergründe dieser Aktion kann ich mit Rücksicht auf eine laufende Untersuchung allerdings nicht geben. Ich zähle auf Ihr Verständnis und Ihre Kooperation. Besten Dank.«

Schweigen. Sowas hat man noch nie erlebt.

»Das geht zu und her wie im TV-Krimi«, murmelt Ellen, die der Zwischenfall als einzige zu amüsieren scheint.

Hauptmann Geissbühler wendet sich an mich: »Guten Abend, Herr Feller. Und? Etwas beobachtet?«

»Herr Geissbühler. Sie überraschen selbst mich noch. Ich habe die Razzia nach unserem Telefongespräch von vorhin nicht erwartet. Ich dachte, Sie würden allein auftauchen und verdeckt ermitteln.«

»Ich wollte Sie nicht mit Wissen belasten, das Ihnen ohnehin nichts gebracht hätte. Ist Ihnen vor unserem Eintreffen etwas Besonderes aufgefallen?«

Ich rapportiere ihm den Zwischenfall mit dem Notenheft und das Verschwinden von Frau Bornhaus.

Der Hauptmann stutzt. »Wo ist sie jetzt?«

»Keine Ahnung«, antworte ich. »Bestimmt nicht mehr hier. Hingegen ist ihr Ehemann die ganze Zeit dageblieben.«

Geissbühlers Miene heitert sich auf. »In dem Fall

brauchen wir nicht länger zu spekulieren. Ich werde ihren Mann persönlich um Aufklärung bitten. Danke für die Zusammenarbeit, Herr Feller. Halten Sie mich weiterhin auf dem Laufenden. Wäre es Ihnen möglich, mich morgen Vormittag auf dem Polizeiposten zu besuchen?«

»Geht in Ordnung.«

»Gut. Einen schönen Abend noch.« Dann wendet er sich von mir ab, hält nach dem Doktor Ausschau und geht auf ihn zu. Ich beobachte die beiden. Ihr Gespräch dauert nur kurz. Offenbar hat ihm Bornhaus eine plausible Erklärung für das Verschwinden seiner Gattin serviert. Die große Anzahl von Uniformierten erlaubt eine speditive Befragung. Zur allgemeinen Erleichterung verabschieden sich die Polizisten nach einer knappen halben Stunde. Nur zögerlich kehrt die entspannte Apérostimmung zurück.

Ein Umstand gibt besonders zu reden: Der Hauptmann und seine Männer haben die Villa in Begleitung eines Gastes verlassen. Nur scheinbar diskret. Tomasz Wójcik! Was hat das zu bedeuten? Ist der Pole soeben abgeführt worden? Sind wir Zeugen einer Verhaftung geworden?

Möglicherweise hat Wójcik die Beamten freiwillig begleitet. Oder stellt der zeitgleiche Aufbruch von Polizei und Doktorand einen reinen Zufall dar? Wie dem auch sei: Keinem der Gäste dürfte die unumstößliche Tatsache des unkommentierten Abgangs entgangen sein. Spekulationen machen die Runde. Wójcik als Notendieb? Wójcik als Bachmanns Vollstrecker? Auch eine positive Vermutung ist zu hören: Wójcik als Kronzeuge?

Plötzlich scheint alles möglich. Jeder traut ihm alles zu. Das dokumentiert sowohl die blühende Fantasie der Anwesenden als auch den zweifelhaften Ruf des Polen.

Wozu die Personalien *aller* Gäste? Einige geben sich noch immer entrüstet. Kommt die Protokollierung einer Verdächtigung gleich? Werden ihre Daten gespeichert? Werden Fichen geführt?

Andere bleiben gelassener. Der Alte mit den Hörgeräten moniert: »Wo man singt, da lass dich ruhig nieder. Böse Menschen haben keine Lieder.«

»Ein spannender Abend«, spottet Ellen.

Ich pflichte ihr bei. »Und eine echte Premiere. Die Befragung meine ich.«

Meine Freundin wirft lachend den Kopf in den Nacken.

Ich schaue mich nach meinem Assistenten um. Er redet gerade auf Stefan ein. Der hat mehrere Brötchen gleichzeitig auf die linke Handfläche gestapelt und damit in den Augen seines Vaters gängige Anstandsregeln verletzt.

»Jüre?«

»Hanspudi?« Er gesellt sich zu uns. »Ob Wójcik Blut an den Fingern hat?«

»Was für eine grässliche Vorstellung«, meint Ellen. Und ergänzt: »Sonatenblut?«

»Sie meinen, die Thuner-Sonate könnte sich allmählich zur Todessonate entwickeln, Frau Günther?«, fragt Jüre.

»Genau«, bestätigt sie. »Die Violinsonate mutiert zur Violenzsonate!«

Ich schüttle ungläubig den Kopf. Sodann schaue ich von Ellen zu meinem Assistenten und mache einen Vorschlag. »Lasst uns mal zusammenfassen, was wir bis jetzt wissen.«

Jüre zwinkert mit halbgeschlossenen Äuglein wie ein geblendeter Fischotter. Er streicht mit einer Hand eine Gelsträhne zur Seite und zeigt mit der andern auf Ellen.

Ich bestätige mit kurzem Nicken. Sie darf bleiben.

Danach wendet sie ihr Gesicht demonstrativ in Richtung der verblühten Fliederbüsche.

»Also dann. Wen müssen wir in den Zirkel der potenziellen Täter aufnehmen?«

»Wójcik mit erster Priorität. Offenbar hat er sich auch in den Augen der Polizei verdächtig gemacht.«

»Stimmt. Falls er tatsächlich verhaftet wurde.«

»Wie sieht es mit Frau Bornhaus aus?«

»Nur weil sie den zweiten Teil des Konzerts geschwänzt hat, muss sie nicht kriminell sein. Andererseits wissen wir, dass dem Ehepaar Bornhaus sehr daran gelegen ist, neue Besitzer der raren Schrift zu werden. Sei es nun, um sie der süddeutschen Brahmsgemeinde zu stiften, oder sie der eigenen Sammlung als Glanzlicht hinzuzufügen.«

»Welche andern Musikliebhaber könnten noch imstande sein, auf der Jagd nach Noten Musikerwild zu erlegen?«

Ellen mischt sich ein. »Ist euch eigentlich bekannt, dass es sich beim anwesenden Pianisten um einen Widmannerben handelt?«

Verdutzt wenden wir unsere Häupter wie zwei synchrone Schwäne. »Der Pianist von heute …«

»… heißt Andreas K. Widmann«, ergänzt sie.

Jüre blättert im Prospekt. »So steht's jedenfalls im Programmheft.«

»Ein Nachfahre von Joseph Victor Widmann?«, vergewissere ich mich.

»Richtig. Vom einst so Geschätzten«, bestätigt Ellen.

»Was für ein Motiv sollte der junge Widmann haben, Bachmann die Noten zu stehlen?«, frage ich.

Mein Assistent liefert die Antwort. »Wenn wir annehmen, dass Brahms anlässlich des Hauskonzerts ein Manuskript in Bern zurückgelassen hat, könnte unser Pianist der Meinung sein, dass es sich bei den aufgetauchten Papieren um Widmanngut handelt. Er könnte sich darum im Recht wähnen, endlich an die Noten zu kommen. Zudem würde durch das Auftauchen der Sonate Widmann als Brahmsfreund wieder vermehrt ins Rampenlicht gerückt. Er und seine Bücher könnten dadurch eine Renaissance erleben.«

»Und aus den Urheberrechten könnte wieder größerer Nutzen gewonnen werden«, ergänzt Ellen.

»Ist der Urheberrechtsschutz nicht längst abgelaufen?«, gebe ich zu bedenken.

»Normalerweise gilt er für 75 Jahre«, weiß die Verlegerin.

»Und sonst? Hast du noch andere Hypothesen auf Lager?« Ich drehe mich wieder zu Jüre um.

An Stelle meines Assistenten antwortet Ellen. »Klar. Da braucht ihr nicht weit zu suchen. Jedes einzelne Mitglied des Ensembles Vive pro Musica hat mehr oder weniger direkt einen persönlichen Bezug zu Brahms oder seinen Schweizer Freunden. Darum könnte jeder der Musiker eigennützige Interessen verfolgen.«

»Was heißt das konkret?«, erkundige ich mich.

»Was könnte beispielsweise Jasmin Josi interessieren?«, überlegt Jüre.

»Oder Marianne von Fischer und Jesica Dumoulin?«, vervollständige ich.

Eleonore Günther klärt uns auf. Sie ist gut informiert. Warum eigentlich?

Anschließend wende ich mich erneut an meinen Assistenten. »Was tun wir jetzt?«

»Wir überprüfen die Verdachtsmomente und klären

die Fakten. Ich schlage vor, wir beginnen mit Bornhausens. Sie stehen für mich unter besonderem Verdacht«, sage ich.

»Was verstehst du unter einem *besonderen* Verdacht, Hanspudi?«

»Du weißt, was ich meine.«

»Nein. Tu ich nicht. Was ist das Besondere am Verdacht?«

»Das Besondere liegt in seiner Dringlichkeit«, erkläre ich. »Was das Verschwinden der Noten angeht, traue ich den feinen Musikfreunden aus Süddeutschland kaum über die ersten paar Taktstriche hinaus. Wissen wir eigentlich, wo die beiden logieren?«

»*Ich* schon. *Wir* offenbar nicht«, spottet mein Assistent.

Ratlos warte ich auf Erhellung.

»Im Hotel Freienhof«, sagt Jüre.

»Mir scheint, es könnte sich lohnen, sich dort einmal diskret umzuschauen«, schlage ich vor. »Was meinst du, Ellen?«

»Ja, sicher. Es wäre fast zu schön, die Notenblätter unversehrt aufzufinden. Aber wäre es nicht total verrückt, das Diebesgut im Zimmer aufzubewahren, während die Untersuchung der Kantonspolizei auf Hochtouren läuft?«, fragt sie.

Ich bleibe ihr die Antwort schuldig.

»Jüre. Du fährst auf dem kürzesten Weg ins Hotel.«

»Hallo, Hanspudi. Wie komme ich dort auf legale Art und Weise hinein? Stiftest du mich zu einer Straftat an?«

Ich lasse mich durch seine gespielte Entrüstung nicht irritieren. »Bist du nicht mit der einen Direktionsassistentin näher bekannt?«

Mein Assistent wendet sich suchend nach seiner Gattin um. Erleichtert stellt er fest, dass sie sich außer Hördistanz befindet. »Na ja, wir haben, ähm … Da war nichts Ernsthaftes, Hanspudi«, stottert er mit gedämpfter Stimme.

»Jüre. Du musst mir nicht beichten. Ich bin der Letzte, der deine ungebrochene Treue zu Marie-Josette infrage stellt. Mich interessieren deine Kontakte zur Assistentin rein beruflich«, beschwichtige ich.

»Zu Inge, meinst du?«

»Ja, wenn sie so heißt.«

Jüre weicht aus. Das Thema liegt ihm nicht. »Was soll mit ihr sein?«

»Frag nicht mich, Jüre. Frage *sie*. Und zwar nach dem Zimmerschlüssel«, dränge ich.

Ellen hält sich raus.

Er sucht nach Argumenten. Stattdessen findet er sich in einer Übersprunghandlung wieder. Mein Assistent greift sich ans Kinn und erkundigt sich: »Unter welchem Vorwand?«

»Das überlasse ich den festen Bestandteilen deiner beweglichen Hirnmasse.«

»Danke für das Vertrauen«, quittiert er. »Wirst du die Kaution stellen, sollte ich erwischt werden?«

»Nein. Ich mach's wie Brahms. Sobald du aus dem Haus bist, ziehe ich bei Marie-Josette ein. So, Jüre. Beeil dich jetzt!«

»Was? Jetzt gleich? Muss das sein?«, wehrt er ab.

Ich lasse nicht locker: »Jawohl. Sofort. Entweder bringt in diesen Minuten nämlich die Bornhaus die Noten in Sicherheit, oder Geissbühler ist im Begriff, eine Zimmerdurchsuchung anzuordnen. In beiden Fällen könnten die Papiere für uns verloren sein.«

»Vermutlich geschieht beides gleichzeitig«, meint Ellen. »Der Fluchtversuch *und* die Zimmerdurchsuchung.«

Jüre wendet sich zu ihr. »Unter diesen Umständen bin ich ohnehin zu spät dran.« Und an mich: »Hanspudi, bringt das was? Riskiere ich nicht zu viel für zu wenig? Was, wenn die Polizei ausgerechnet in dem Augenblick auftaucht, da ich das Hotelzimmer auf den Kopf stelle?«

»Jüre, du verspielst nichts Geringeres als deine Anstellung, wenn du nicht sofort losfährst«, drohe ich.

Mein Assistent verabschiedet sich kommentarlos, informiert kurz seine Marie-Josette und reicht Auf der Maur zum Abschied die Hand. Mir hingegen winkt er nur von weitem zu. Dabei streckt er den rechten Zeigefinger wie zu einem Ausrufezeichen in die Luft. Es war doch der Zeigefinger?

Meinungsverschiedenheiten mit Jüre gehen mir an die Nieren. Es fällt mir schwer, ihm gegenüber den Chef zu markieren. Auch wenn das von außen gelegentlich anders wahrgenommen wird. Aber wer weiß unsere Beziehung schon richtig einzuschätzen? Unser berufliches Verhältnis in erster Linie. Vom privaten nicht zu reden. Was bin ich für Jüre? Wer ist er für mich? Oder besser: Was ist er mir? Untergebener, Angestellter, Mitarbeiter oder Kollege? Ein Freund sogar?

Oder sollten diese Überlegungen ohne *mich* und *mir* gestellt werden? Also: Wer und was ist er? Zwei schwierige Fragen. Die Beantwortung geht ans Eingemachte, mit all den vakuumverschlossenen Emotionen einer steril und heiß eingekochten Freundschaft. Was für eine Haltbarkeit steht auf dem Spiel? Jene der latenten Zuneigung kollegialer Zweisamkeit?

Jürg Lüthi habe ich vor sieben Jahren als arbeitslosen Schriftsetzer kennengelernt. Deprimiert vor sich hin starrend. Wir beide. Wir hatten soeben den Job verloren. Er den seinen in der Druckerei. Ich den meinen in der Schule. Darum begann ich als selbständiger Detektiv zu arbeiten.

»Und du, was bügelst du?«, fragte Jüre damals.

Ich stockte kurz. Sollte ich nun mit Lehrer oder Detektiv antworten? Ich entschied mich für das zweite.

Jüre reagierte belustigt. »Ernsthaft? Du bist Detektiv? Mehr Derrick oder Der Alte?«

»Mehr Miss Marple, befürchte ich. Davor war ich Lehrer.«

Er bohrte nicht weiter. Entgegen meiner Erwartung. Dafür machte Jüre einen denkwürdigen Vorschlag: »Engagiere mich als Assistenten. Jeder berühmte Detektiv hat einen.«

Sein Vorschlag überraschte mich und gefiel mir auf Anhieb. Erstaunlicherweise. Denn wie gesagt, ich kannte Jüre nicht näher. Gerne habe ich mir aber vorgestellt, ihn künftig an meiner Seite zu wissen. Was riskierte ich? Immerhin war von einer Probezeit die Rede. Deren Dauer blieb allerdings ungeklärt. Unabsichtlich. Den neuen Mitarbeiter schien das nicht zu stören. Bereits am folgenden Tag nahmen wir unseren ersten gemeinsamen Fall in Angriff.

Eine Sozialversicherung wünschte die Überprüfung der Invalidität eines Rentenbezügers. Abwechselnd lungerten mein Assistent und ich im Lerchenfeld um den Wohnblock eines 30-jährigen Krückenmanns. Bereits am dritten Nachmittag, einem Mittwoch, spielte der angeblich Gehbehinderte mit seinem minderjährigen Sohn Fußball auf der großen Allmend. Jüre schoss die entscheidenden Fotos. Ich stellte sie der Versicherung in Rechnung.

Weiter hatten wir im Auftrag einer besorgten Ehefrau die Seitensprünge eines Stadtrats zu dokumentieren, auf dem Bahnhofareal Kleindealern den Garaus zu machen und einer irren Alten den Beweis zu erbringen, dass ihr fetter Pinscher nicht von der betagten Nachbarin vergiftet wurde. Es war vielmehr der begabte Hauswart. Das wiederum wollte die Mandantin nicht wahrhaben. Also spendete ich Trost. Ich riet zur Anschaffung eines Ersatztiers. Angeblich soll sie sich für Kampffische entschieden haben.

Auch neben den eigentlichen Arbeitszeiten verbrachten Jüre und ich anfänglich viel gemeinsame Zeit. Wir hatten nichts Besseres zu tun. Als die Geschichte mit seiner vergötterten Marie-Josette losging, wurden diese Momente seltener. Ich warnte Jüre vor seiner ausländischen Geliebten, nur vordergründig aus freundschaftlicher Besorgnis. Eigennutz diktierte mein Verhalten. Vielleicht auch etwas Eifersucht. Ich begann, an seiner Arbeit herumzunörgeln. Wir hatten unsere erste veritable Krise. Die entscheidende Entschärfung brachte ein kurzes Statement meines empathischen Assistenten: »Hanspudi, ich schätze dich als Kollegen. Für unsere Freundschaft bin ich dankbar. Genauso dankbar ist dir Marie-Josette, dass ich in dir einen flexiblen Arbeitgeber gefunden habe.« Schon waren wir wieder versöhnt!

In Wahrheit konnte ich es mir gar nicht leisten, auf seine Mitarbeit und Freundschaft zu verzichten.

25

Eleonore Günther hat offenbar den Musiksalon verlassen.

Ich entdecke sie auf der kniehohen Terrassenmauer. Sie sitzt dort mit übereinandergeschlagenen Beinen. Diese stecken in dunkelblauen Hosen.

Ich stutze.

Ellen präsentiert sich in einem Hosenanzug, wie er vom Krakauer Bibliotheksleiter beschrieben wurde. Was berichtete der Hotelconcierge? Wenn ich mich nicht irre, sprach er von einer blau-weißen Bluse. So eine trägt Ellen heute ebenfalls. Mit weißem Schalkragen dazu. Kann es Zufall sein?

Ich versuche die Frage zu bejahen. Erfolglos. Ellen war in Polen! Davon bin ich fast überzeugt. Was wollte sie dort? Besuchte sie Krakau als harmlose Touristin? Denkbar. Aber wahrscheinlich? Kaum. Sie muss konkretere Absichten verfolgt haben. Das Jazzfestival vielleicht? Hat sie neue Interpreten für ihr Musik-Label gesucht? Wozu hatte sie dann im Hotel nach *den beiden Schweizern* gefragt? Was hätte sie uns erzählt, falls sie uns dort angetroffen hätte?

Und die Sache mit dem Attentat? Wer saß eigentlich am Steuer? Ellen vielleicht? Ausgeschlossen!

Andererseits: Wer hat in Baden-Baden entfesselte Hunde und Trinker auf mich gehetzt? Wer fand mich trotz Dunkelheit im Mittelschiff der Liebfrauenkirche? Wer trat unmittelbar nach dem Überfall tröstend an meine Seite? Es war immer die liebe Ellen! Sie war stets zur Stelle, wenn Außergewöhnliches passierte. Mich beschleichen ungute Gefühle, die ich nicht wahrhaben will. Noch nicht. Nicht Ellen! Wenn ich das Zutrauen wiederfinden will, muss ich mich mit ihr gründlich aussprechen. So rasch als möglich. Warum eigentlich nicht gleich?

Ich pirsche in einem weiten Bogen so über die Terrasse, dass ich der Ahnungslosen unweigerlich begegne und dennoch den Anschein einer gewissen Zufälligkeit wahre.

»Das war ein sonderbarer Abend, nicht wahr, Ellen?«, bemerke ich beiläufig und setze mich zu ihr auf die Mauer.

Die Angesprochene scheint mir nicht richtig zuzuhören. Sie rollt die Lippen nach innen und lässt sie mit leisem Plup! wieder nach außen schnellen. Hiernach bemerkt Ellen: »Dieser bemitleidenswerte Virtuose. Frühzeitig verstummt. Gestorben mit 64. Wie tragisch!«

Ich stimme ihr zu. »Keiner hätte Brahms heute glanzvoller zum Leben erweckt als Bernhard Bachmann. Wirklich traurig, dass …«

Sie unterbricht mich. »Bei allem Respekt, Hanspeter. Da kann man geteilter Meinung sein. Die Interpretation von Jasmin Josi ist auch nicht ohne gewesen, oder? Ist dir der Spruch ›Bachmann kein Fachmann‹ nie zu Ohren gekommen?

Ich mag ihr nicht beipflichten. Widerrede ist auch nicht angesagt. Stattdessen behalte ich mein Ziel im Auge, sie über Krakau auszuhorchen. Das Thema Bachmann scheint sich als Umweg aufzudrängen.

»Bernhard war mir vor allem ein guter Freund. Auf eine musikalische Qualifikation habe ich stets verzichtet. Immerhin bin ich davon überzeugt, dass sein Geigenspiel vielen Menschen große Freude bereitet hat. Natürlich respektiere ich, dass du als Produzentin klassischer Musikkonserven über eine differenziertere Wahrnehmung verfügst. Ich kann dir aber versichern: Ihm konnte man vertrauen wie keinem zweiten. Darum habe ich ihm etwas anvertraut, das ihm zum Verhängnis geworden ist. Mich plagt das schlechte Gewissen. Ich fühle mich schuldig. Mitschuldig am Tod eines Freundes.«

»Ich verstehe nicht ganz, wovon du sprichst, Hanspeter. Was hast du ihm anvertraut? Wieso fühlst du dich mitschuldig?«

Weiß sie wirklich nichts davon, dass er für mich das Manuskript aufbewahrt hat? Über- oder unterschätze ich diese Frau? Es ist höchste Zeit, mir Klarheit über ihre Rolle im Hickhack nach Noten zu verschaffen.

Verschiedene Gäste wechseln in den Salon. Es ist

kühler geworden draußen im Garten. Auf der Maur bereitet im Cheminée Brennholz vor. Ellen und ich verbleiben auf der Terrasse.

»Am Verschwinden der Noten bin ich mitschuldig. Auf der Maur betraute mich mit der Abklärung der Frage nach deren Echtheit. Dazu händigte er mir die kostbaren Blätter aus. Die habe ich aus Sicherheitsgründen woanders deponiert. Du musst wissen, dass ich im Rahmen meiner Abklärungen gezwungen war, ins Ausland zu reisen.«

»Hanspeter, du darfst ruhig Klartext reden. Es ist mir bekannt, dass du mit Stefan Lüthi nach Krakau geflogen bist.«

Ihre Direktheit verblüfft mich. »Stimmt. Woher weißt du es?«

»Von Wójcik.«

»Du kennst ihn näher?«, staune ich.

Sie lächelt vielsagend. »Warum denn nicht? Er hat mit jedem Kontakt aufgenommen, der sich für Brahms interessiert, oder?«

»Ja, schon. Im Grunde genommen ist er derjenige, der in Thun die ganze Hektik ausgelöst hat«, stelle ich fest.

»Nicht nur in Thun, Hanspeter. Er soll in halb Europa potenzielle Käufer für die Sonate kontaktiert haben«, sagt Ellen.

Eine kleine Pause entsteht. Dann gebe ich mir einen Ruck. »Darf ich dich etwas fragen, Ellen?«

Sie nickt ermunternd.

Ich zögere dennoch. Riskiere ich mit der folgenden Erkundigung unsere Freundschaft? Es ist so hässlich, meine Trösterin aus der Liebfrauenkirche verdächtigen zu müssen. Dessen ungeachtet muss die Wahrheit an den Tag. Sonst hat unsere Beziehung keine Zukunft.

»Ellen, warst du es, die sich im Hotel Planty nach uns erkundigt hat?«

Die Angesprochene reagiert völlig gefasst. »Ja klar. Ich dachte, wir könnten uns zur Recherche allenfalls zusammentun. Leider haben wir uns verpasst. Darauf seid ihr überstürzt abgereist. Warum eigentlich?«

»Wegen einer dummen Geschichte«, deute ich an.

»Bist du in Polen etwa auch ausgeraubt worden?«, fragt Ellen, offenbar als Witz.

»Schlimmer. Ich wurde beinahe von einem Auto überfahren.«

Sie missversteht mich. »Ach so. Stimmt. Ziemlich hektisch, der Verkehr dort.«

»Nein. Nicht so«, entgegne ich. »Ein Autofahrer hat *absichtlich* versucht, mich unter die Räder zu kriegen.«

»Das glaube ich nicht«, zweifelt Ellen an meiner Aussage. »Wozu? Warst du je zuvor in Polen?«

»Nein, aber ...«

»Du kennst dort keinen. Keiner kennt dich. Wer sollte dir also nach dem Leben trachten?«

»Die Besitzer der demolierten Fahrräder sind bestimmt anderer Meinung. Das Auto hat mich nur knapp verfehlt. Stattdessen ist es in eine Versammlung abgestellter Zweiräder geprescht«, wende ich ein.

»Was du immer für Storys erlebst«, sagt sie, ohne mir offenbar Glauben zu schenken. Vielmehr interessiert sie sich für meine Recherchen in der Bibliothek. »Welches Urteil hast du eigentlich bezüglich der Sonate gefällt?«

Ich akzeptiere den Themawechsel. Bereitwillig gebe ich Auskunft. »Ich neige zu der Annahme, dass alle Blätter echt sind.«

»Aufgrund welcher Fakten?«, will sie wissen.

Jetzt zögere ich und frage zurück. »Zu welcher Einschätzung bist du selbst gelangt?«

»Es handelt sich um Fälschungen«, gibt sie ohne Umschweife an.

Ihre widersprüchliche Beurteilung macht mich für einen Augenblick sprachlos. War das soeben ihre ehrliche Meinung oder nur ein taktisches Manöver?

Sie fährt fort: »Zudem sind die musikalischen Unterschiede zwischen Drucknoten und Manuskript zu gering, als dass sich eine Neueinspielung lohnen würde.«

Bevor ich weitere Fragen stelle, erhebt sich Ellen mit der Entschuldigung, dass sie fröstle.

»So lass uns hinein wechseln«, schlage ich vor. »Unser Gastgeber hat inzwischen ein gemütliches Feuerchen entfacht.«

»Nein. Ich werde mich jetzt verabschieden. Wenn

du mir einen Gefallen tun willst, Hanspeter, dann rufst du mir ein Taxi. Ich habe seit zwei Tagen nämlich mein Handy verlegt.«

»Du fährst selbst nicht Auto?«, bitte ich sie erwartungsvoll um Antwort.

»Das habe ich verpasst. In meinem Alter noch den Fahrausweis nachzuholen, traue ich mich nicht. Es verstopfen ohnehin schon zu viele Autos die Straßen. Da sollte man eigentlich um alle froh sein, die sich nicht zusätzlich motorisieren.«

»Du sprichst mir aus der Seele, Ellen.« Ich bin unglaublich erleichtert. Mit ihrem Statement ist völlig ausgeschlossen, dass sie in Krakau hinter dem Steuer saß.

Ellen fragt jedenfalls leichthin: »Warum? Besitzt du auch keinen Wagen?«

»Nein. Nur ein Töffli.«

»Wie vernünftig«, meint sie.

Ich strahle sie dankbar an und schöpfe wieder Hoffnung auf eine Vertiefung unserer Begegnung. Bereits sehe ich in Gedanken Ellen auf dem Gepäckträger meines Mofas sitzen. Ich gebe Vollgas. Ihr weißer Schalkragen weht im Fahrtwind. Dazu summt sie mir eine liebliche Melodie ins Ohr. Ein Brahmslied natürlich: ›Wie Melodien zieht es mir leise durch den Sinn ...‹

Gemeinsam fahren wir dem erröteten Alpenfirn entgegen. Oder doch nur dem ewigen Eis einer erstarrten Ehe? Vielleicht werde ich es nochmals überdenken, das mit der gemeinsamen Zukunft.

26

Jüre kehrt in die grüne Villa zurück und berichtet. »Uff. Das war knapp, Hanspudi«, keucht er. Dazu fährt er sich mit dem Hemdsärmel über die Stirn.

»Hast du die Noten?«, frage ich erwartungsvoll.

Tatsächlich holt Jüre eine hellbraune Ledermappe hinter seinem Rücken hervor. »Voilà!«

Sofort erkenne ich das Ding wieder. Es handelt sich zweifelsfrei um den Schutzumschlag, in dem mir Auf der Maur die Sonate überreicht hatte. Es fehlt lediglich der dunkelblaue Kartonschuber. Aber der lag ja neben dem Opfer.

Mit großen Schritten eilt der Brahmspräsi auf uns zu. Hochrot im Gesicht strahlt er wie Clara Schumann bei der sechsten Niederkunft. »Was für ein Glückstag! Ist das denn die Möglichkeit?«, ruft er aus und erhält überraschend Antwort.

»Nein. Es ist sie nicht«, sagt Jüre trocken. Er öffnet die leere Mappe. Lange Gesichter ringsum.

Nachdem in Oberhofen der leere Schuber und im Hotelzimmer die ebenso leere Mappe gefunden wurden, besteht kein Zweifel darüber, dass die Manuskripte verschwunden bleiben.

Enttäuscht lässt sich Auf der Maur in einen Polstersessel sinken. »Ach du Schande!« Er pendelt sein Haupt hin und her, wie ein Wackeldackel auf der Hutablage eines klapprigen Ford Fiestas. »Was tun wir jetzt?«

Zu meiner kolossalen Verwunderung hat sich Frau Bornhaus wieder unter die Gäste gemischt, als wäre sie nie weg gewesen. Wie lange ist sie schon da? Wo war sie in der Zwischenzeit? Ab der Konzertpause hat sie gefehlt, das ist gewiss.

Jedenfalls steht sie jetzt leibhaftig vor dem flackernden Cheminéefeuer. Verlegen nestelt sie in ihrer großen Umhängetasche und redet aufgeregt auf ihren Ehemann ein. Er blickt nervös um sich. Offensichtlich versucht er, sie zu beschwichtigen.

Ich ziehe Jüre zur Seite und flüstere ihm etwas ins Ohr.

Er macht ungläubige Augen und fragt nach. »Ist das nicht verfrüht? Bist du dir da sicher? Sollten wir nicht auf die Polizei warten?«

Seine Einwände lasse ich nicht gelten. »Jüre. Solange wir uns aufeinander verlassen können, haben wir eine Chance. Wir müssen unserer Intuition vertrauen, nicht unseren Institutionen. Jetzt ist Angriff angesagt.« Ich dränge darauf, dass er sich von links dem Ehepaar Bornhaus nähert. Meinerseits pirsche ich mich von rechts an die beiden heran. Entweder haben sie ihre Meinungsverschiedenheit beendet oder uns durchschaut. Sie unterbrechen ihr Gespräch abrupt.

Es gilt, keine Zeit zu verlieren. Ich setzte alles auf eine Karte. Laut und deutlich verkünde ich zur Verwunderung der Umstehenden die Lösung des Rätsels um das Verschwinden der Thuner-Sonate an. Das hält sogar Ellen von einem vorzeitigen Aufbruch ab.

»Verehrte Gäste, liebe Freunde, Herr Auf der Maur. Ich weiß, dass ich Sie an einem denkwürdigen Abend mit Ungewöhnlichem belaste. Ich spüre aber auch, dass uns alle dieselben Gedankengänge plagen. Wer hat Bernhard Bachmann getötet? Wo befinden sich die Brahmsschriften? Auf die zweite Frage kann ich eine Antwort präsentieren. Darum bitte ich Sie in den nächsten Minuten um Ihre volle Aufmerksamkeit. Ebenso sehr möchte ich Sie ersuchen, während dieser Zeit den Raum nicht zu verlassen. Verwehren Sie das Verlassen notfalls auch andern. Ich muss Ihnen nämlich mitteilen, dass sich der Notenräuber unter uns befindet.«

Es wird gemurmelt. Auf der Maur überlegt laut und deutlich vernehmbar: »Was ist mit Wójcik? Warum wurde er abgeführt? Hat die Polizei den Falschen erwischt?«

»Sie haben recht, Herr Auf der Maur. Weil der Pole nicht unter uns weilt, entfällt er als Verdächtiger.«

»Spielen Sie sich nicht als Schmalspur-Poirot auf, Herr Feller«, reklamiert Herr Bornhaus.

»Sie werden sich wundern, Herr Doktor. Es gibt fast ebenso viele Motive, die Partitur zu stehlen, wie Personen im Raum.«

Erneut ungläubiges Gemurmel. Nur Jüre nickt mir aufmunternd zu.

Andreas K. Widmann ergreift das Wort. Gelangweilt meint er: »Eigentlich wollte ich nächstens nach Hause. Ich habe morgen einen anstrengenden Tag vor mir. Wenn ich Sie bitten dürfte, Herr Feller, mit Ihrem Entzauberungstrick, oder was das sonst werden soll, vorwärts zu machen.«

»Nur Geduld, Herr Widmann. Gerade Sie wissen nur zu gut, dass Geduld Rosen bringt. Brahmsrösi, könnte man auch sagen. Wie sonst müsste ich mir erklären, dass Sie nimmermüde auf den Spuren Ihres Großonkels nach Süden reisen? Waren es nicht die Italienreisen, die Viktor Widmann in seinen erfolgreichsten Büchern beschrieben hat? Sie wissen ganz genau, dass er Brahms in der Absicht begleitet hatte, über die gemeinsamen Reisen zu publizieren. Er zählte auf den Abglanz des Musikgenies. Heute ist davon kaum mehr was übriggeblieben. Darum kämpfen Sie verbissen um seine Rehabilitation. Wie weit würden Sie dabei gehen, Herr Widmann?«

Noch bevor er darauf reagiert, reklamiert Jasmin Josi: »Was für eine Fantasterei, Herr Feller. Mit so einem Humbug können Sie uns nicht länger festhalten.« Warum legt die sich so für ihren Kollegen ins Zeug?

Jetzt erst bekräftigt Widmann: »Herr Feller, entweder Sie teilen uns jetzt mit, wen Sie für den Täter oder die Täterin halten und legen Beweise vor, oder Sie strapazieren nicht länger unsere Geduld. Wie gesagt, ich bin auf dem Sprung.«

»Lieber Herr Feller«, meldet sich Auf der Maur vermittelnd zu Wort. »Ich zweifle nicht an Ihrer Kompetenz als Detektiv. Sonst hätte ich Sie wohl kaum engagiert. Jetzt möchte ich Sie aber bitten, unumwunden den Täter zu nennen, falls Sie uns tatsächlich kundtun können, wer die Noten entwendet hat.«

»Ich komme gleich darauf, Herr Auf der Maur. Lassen Sie mich zuvor noch unserer Violonistin antworten. Liebe Frau Josi, auch Sie dürfen im erlauchten Kreis der Verdächtigen keinesfalls fehlen. Bleiben Sie bitte noch einen Augenblick da. Wie Sie alle wissen, verehrte Anwesende, hat Frau Josi ihre neue Stelle im Ensemble Vive pro Musica einzig und allein dem Ableben Bernhard Bachmanns zu verdanken. Sie ist reingerutscht wie die Punktierung im dritten Satz. Als Ersatz.«

Jasmin Josi schnappt nach Luft, als wolle sie reklamieren. Wohlweislich hält sie sich zurück. Ich wende mich an die Violaspielerin.

»Verehrte Frau Dumoulin. Oder soll ich Sie lieber mit Frau Spies ansprechen? Es würde mich nicht wundern, wenn Ihr lediger Name auf direktem Weg zu Hermine Spies führen würde. Die Altistin wurde damals um die Ehre geprellt, als Muse der Thuner-Sonate gefeiert zu werden. Aber nicht ihr wurde das

Werk schließlich gewidmet, sondern dem Dirigenten Hans von Bülow. Zugegeben: Brahms dachte damals pragmatisch und handelte herzlos. Aber berechtigt Sie das, heute Forderungen zu stellen?«

Bevor ich weiterspreche, interveniert überraschend Eleonore Günther. Pflegt man dafür Freunde, dass sie einem bei der erstbesten Gelegenheit in den Rücken fallen? Wie kommt sie bloß dazu?

»Hanspeter. So kann ich das nicht stehen lassen. Frau Dumoulin hat bezüglich der Sonate zu keinem Zeitpunkt irgendwelche Begehren geäußert. Und was die Ehre von Hermine Spies angeht, so ist ihr mit der wunderschönen Bronzefigur am Brahmsquai meiner Meinung nach mehr als nur Genüge getan. Wer steht denn dort? Der nackte Brahms oder die nackte Altistin?«

Keine valable Alternative, finde ich.

»Was Frau Josi betrifft, möchte ich festhalten, dass sie nicht einfach nur *reingerutscht* ist. Ich verfolge ihre künstlerische Entwicklung seit Jahren. Schon länger habe ich beschlossen, sie für Coda zu gewinnen. Hanspeter, ich finde es ja großartig, dass du uns gleich den Täter servieren wirst. Ist es aber notwendig, zuvor alle andern in die Pfanne zu hauen?«

Ihr Wort wiegt schwer.

Dennoch korrigiere ich sie. »Täterin. Es handelt sich um eine Täterin.«

Es befinden sich noch fünf Frauen im Raum. Sie wirken entsetzt. Eleonore Günther, Jasmin Josi, Elisabeth Bornhaus, Jesica Dumoulin, Marianne von Fischer und Marie-Josette Lüthi blicken unsicher um sich. Die Männer dagegen entspannen sich jetzt sichtbar.

»Vielleicht ist dem einen oder andern aufgefallen, dass sich jemand vorübergehend entfernt hat«, fahre ich fort. »Ich muss annehmen, dass diese Person dummerweise mein Telefongespräch mit Hauptmann Geissbühler mitbekommen hat. Vorsichtshalber hat sie darauf die erstbeste Gelegenheit ergriffen, von hier zu verduften, um die Notenblätter verschwinden zu lassen.«

»Von wem sprechen Sie, Herr Feller?«, fragt Frau Josi ungeduldig.

»Nennen Sie endlich den Namen«, fordert auch Frau Dumoulin, die sich inzwischen wieder gefasst hat.

Der Aufforderung komme ich nach: »Ich spreche von Frau Bornhaus.«

Allgemeines Tuscheln.

»Hören Sie mit diesem Blödsinn auf, Herr Feller«, entrüstet sich Doktor Bornhaus. Schützend stellt er sich vor seine Gattin.

Die macht sich hinter seinem Rücken lautstark bemerkbar: »Was erlauben Sie sich eigentlich, Herr Feller? Sie dilettantischer Kleinstadtschnüffler! Das wird Folgen haben. Ich lasse mich von Ihnen nicht schlecht machen.«

»Nehmen Sie den Mund nicht zu voll, meine verehrte Musikfreundin. Wozu tragen Sie die ganze Zeit diese große Umhängetasche mit sich herum? Sind solch monströse Behältnisse Mode? Keineswegs. Das beachtliche Fassungsvermögen Ihrer Tasche kommt einem ganz besonderen Inhalt zugute. Zeigen Sie uns allen doch einmal, was Sie darin herumschleppen.«

»Ich wüsste nicht, wen das was anginge!«, mault die Angesprochene. Sie gibt sich nicht geschlagen.

Bin ich im Irrtum? Habe ich zu viel gewagt? Es gibt kein Zurück. Ich verfolge meine Taktik und vollende die Anklage. »Ich kann mir nicht vorstellen, dass Sie die Polizei ebenso höflich darum bitten wird. Jeden Augenblick erwarte ich das Eintreffen von Hauptmann Geissbühler.«

Das zeigt Wirkung. Frau Bornhaus öffnet den Reißverschluss der Tasche. Ganz langsam. Ihr Mann schaut ihr dabei fassungslos zu. Sein Mund steht offen, ohne aber eine einzige Silbe loszuwerden.

Mit der einen Hand sperrt das Unschuldslamm den Lederbeutel wie einen Wolfsrachen weit auf. Mit der andern zieht sie ein Bündel gelblicher Papiere hervor. Ich erkenne das vermisste Manuskript wieder, nähere mich der Diebin und strecke ihr meine offene Hand entgegen. »Geben Sie her, Frau Bornhaus. Das Spiel ist aus!«

Tatsächlich macht sie Anstalten, mir die Papiere auszuhändigen. Aber da geschieht Unerwartetes. In einem schroffen Sinneswandel vollzieht sie eine Vierteldrehung um die eigene Achse und schleudert die Thuner-Sonate ins flackernde Kaminfeuer. Schreie des Entsetzens erfüllen den Salon. Die alten Papiere gehen explosionsartig in Flammen auf.

Die Anwesenden verharren wie gelähmt.

Ich stottere fassungs- und fast tonlos: »Wozu? Wozu?«

»Keine Beweise, keine Schuld«, frohlockt die irre Alte. Sie kichert schadenfroh.

»Aber Frau Bornhaus«, wende ich nach kurzer Schreckpause ein. »Wir haben soeben alle die Noten gesehen. Wir sind Zeugen ihrer Vernichtung geworden. Wozu also? Sie werden Ihrer Strafe nicht entkommen. Gestehen Sie den Diebstahl!«

»Wie wollen Sie denn beweisen, dass es überhaupt die gesuchten Blätter waren, Sie tapferes Fellerlein? Übrigens: Wenn Sie mich noch ein einziges Mal als Diebin bezeichnen, verklage ich Sie wegen Verleumdung.«

Jüre und ich schauen ratlos ins Feuer. Welch sinnlose Vernichtung! Was für ein Verlust für die abendländische Musikgeschichte!

Erst jetzt kniet Auf der Maur vor den Kamin nieder und hantiert verzweifelt mit einem Feuerhaken. Es gelingt ihm, die Flammen etwas einzudämmen. Er fischt ein paar verkohlte Papierfetzen aus der Glut.

Ungehindert verlässt das deutsche Gönnerpaar die

traumatisierte Gesellschaft. Bereits im Korridor laufen die beiden den Beamten in die Arme, die soeben die Villa erstürmen. Ich gönn es ihnen.

27

Hauptmann Anton Geissbühler erwartet mich am nächsten Vormittag um 9.30 Uhr.

»Guten Tag, Herr Feller«, werde ich vom gutgelaunten Inspektor begrüßt. »Kann ich Ihnen Kaffee bringen lassen?«

Die Aussprache fängt vielversprechend an. »Guten Morgen, Herr Geissbühler. Ja, gerne«, antworte ich und setzte mich im Besprechungszimmer der Kantonspolizei an einen runden Tisch. Früher empfing Geissbühler noch in seinem Büro. Was für Gründe stecken hinter dem Ortswechsel?

»Leider sind wir gestern zu spät aufgetaucht, um die Zerstörung der Beweismittel zu verhindern«, eröffnet der Hauptmann das Gespräch.

»Stimmt. Bleibt nur zu hoffen, dass ich mich bezüglich der Echtheit getäuscht habe. So fielen wenigstens die materiellen und ideellen Verluste nicht mehr ins Gewicht.«

Der Hauptmann nickt. »Darauf will ich zu sprechen kommen. Ich habe von der Krakauer Polizei soeben Informationen zur Episode mit dem wildgewordenen Automobilisten erhalten.«

Ich horche auf. »So? Ich habe den Vorfall doch gar nicht gemeldet.«

»Nein. Sie nicht. Aber der Besitzer eines demolierten Fahrrads hat Anzeige erstattet. Es gibt offenbar etliche Zeugen. Unter anderem war eine Mutter mit einem Kinderwagen dabei. Ihr Baby soll von herumfliegenden Metallteilen beinahe erschlagen worden sein.«

»Verstehe. Haben Ihre polnischen Kollegen herausgefunden, wer hinter dem Steuer saß?«

»Ja. Der Lenker konnte identifiziert und befragt werden. Es handelt sich um einen Mitarbeiter der Universitätsbibliothek.«

»Der Biblioteka Jagiellońska?«

»Genau. So heißt sie. Der Bibliothekar hat nach einem harten Verhör zu Protokoll gegeben, im Auftrag seines Vorgesetzten gehandelt zu haben«, sagt Geissbühler.

»Welches Vorgesetzten?«, frage ich verwundert.

»Professor Marczyński«, bestätigt der Hauptmann.

»Ist das erwiesen?«, vergewissere ich mich.

»Absolut. Der Professor hat seinem Untergebenen unmissverständlich den Befehl gegeben, Ihnen einen Schrecken einzujagen, Herr Feller.«

Ich bin platt. »Wozu das?«

»Damit Sie Ihre Nachforschungen abbrechen und aus Krakau verschwinden«, antwortet Geissbühler.

»Das verstehe ich jetzt nicht«, wende ich ein. »Er vermittelte mir den Eindruck, sich über meinen Besuch zu freuen. Er interessierte sich für die Ergebnissen meiner Abklärungen.«

Hauptmann Geissbühler schenkt Kaffe nach. »Interessiert schon. Aber nicht daran, dass Sie die Echtheit seiner Papiere infrage stellen. Was für eine Blamage für Universität und Bibliothek, wenn sich herausstellen sollte, dass seit Jahrzehnten eine Fälschung konserviert wird.«

»Woher kommt diese Befürchtung?«, erkundige ich mich. »Fast hat es den Anschein, Marczyński selbst könnte in irgendwelche Mauscheleien involviert sein.«

»Das wird sich weisen«, brummt Geissbühler. »Unstimmigkeiten sind auch in Berlin und Warschau aufgetaucht. An der Universität Warschau ist kein Wójciz als Doktorand eingeschrieben.«

»Das ist allerdings eine schlechte Neuigkeit«, stelle ich fest. »Und in Berlin? Kennt man ihn wenigstens dort?«

»Ja. Die Staatsbibliothek zu Berlin hat bestätigt, dass ein Pole den Nachlass Bülow bearbeitet.«

»Wenigstens das.«

»Freuen Sie sich nicht zu früh, Herr Feller«, warnt der Hauptmann. »In Berlin hat man sich nämlich sehr darüber gewundert, dass Teile des Nachlasses verkauft werden sollen. Entsprechende Rückfragen legen nahe, dass Wójcik völlig eigenmächtig gehandelt hat.«

»Das ist ja ein Ding! Aber wie konnte er so unvorsichtig sein? Er wird nicht ernsthaft angenommen haben, dass ein Verkauf unbemerkt bliebe?«

»Richtig. Also stehen zwei Varianten zur Wahl: Entweder hat der Pole unter falscher Identität agiert. Dafür spricht, dass er stets auf schnelle Entscheide seitens der Käuferschaft gedrängt hat. Er hat rasch kassieren und untertauchen wollen, bevor in Berlin der Verlust aufgeflogen wäre. Allerdings dürfte es den Besitzern schwer fallen, die Existenz bisher unentdeckter Papiere überhaupt zu belegen. Die zweite Variante ist jene, wonach der Doktorand die Papiere gar nicht im Nachlass aufgestöbert, sonder eigenhändig gefälscht hat.«

»Darum seine Verhaftung? Jetzt erst verstehe ich. Es hat mich überrascht, dass Sie Frau Bornhaus verdächtigt und trotzdem Herrn Wójcik arretiert haben.«

»Unsere Geschichte kennt drei Täter«, räumt Geissbühler ein. »Erstens den falschen Doktoranden, der als Hehler aufgetreten ist. Dann Frau Bornhaus, die sich als großzügige Gönnerin zu profilieren hoffte. Schließlich ihr Ehemann, der sich jetzt mit dem Vorwurf des Totschlags konfrontiert sieht. Sein Vergehen gewichtet schwerer, als die Taten der beiden andern zusammen. Das Paar hat bereits eingeräumt, Bernhard Bachmann in seinem Heim besucht zu haben. Angeblich in der Absicht, ihm die Noten abzukaufen«, stellt Geissbühler dar, erhebt sich und öffnet ein Fenster. Das Donnern eines einfahrenden Güterzugs schallt vom Bahnhof herüber.

»Woher wussten die beiden, wo sich die Papiere befanden? Und wie konnten sie annehmen, dass ihnen Bachmann etwas verkaufen würde, das ihm gar nicht gehört?«

Hauptmann Geissbühler setzt sich wieder. »Noch Kaffee?«

»Nein, danke.« Ich bin so schon nervös.

»Dass Bachmann die Noten aufbewahrte, wussten sie offenbar von Wójcik. Er ließ sich diesen entscheidenden Tipp sogar vergolden. Andererseits erwartete er von Auf der Maur Schadenersatz. Vom Verschwinden der Sonate konnte der Schlaumeier also doppelt profitieren.«

»Ohne je den Beweis antreten zu müssen, dass es sich zweifelsfrei um die verschollenen Sätze handelte«, stelle ich fest.

»Genau«, bestätigt der Hauptmann. »Wie gesagt, haben die beiden Deutschen Bachmann ein Angebot unterbreitet. Das wurde von ihm offenbar abgelehnt. Darauf muss es zu einem Handgemenge gekommen sein, bei dem sich der Geiger tödlich verletzte. Statt dem blutenden Opfer erste Hilfe zu leisten, haben Bornhausens die Noten entwendet und sich aus dem

Staub gemacht. Dass sie noch die Kühnheit an den Tag legten, danach das Konzert zu besuchen, zeigt allenfalls ihre fanatische Brahmsverehrung«.

»Aber wie brachte es die Musikliebhaberin übers Herz, die kostbaren Schriften zu vernichten? Bei ihrer Ehrfurcht vor dem Meister?«, wundere ich mich.

Geissbühler nickt verständnisvoll. »Erstens sollte die Verbrennung wohl den Zusammenhang mit Bachmanns Tod verunklären. Sie wollte ihrem Mann helfen. Zum andern könnte sie zur Überzeugung gelangt sein, ihren guten Namen für Fälschungen riskiert zu haben. Das Ehepaar Bornhaus fand genügend Zeit, sich im Hotel das Skript gründlich anzusehen«, antwortet Hauptmann Geissbühler.

»Das haben sie alles zugegeben?«

»Nein. Vorerst nur den Versuch, bei Bachmann die Noten käuflich zu erwerben. Sie behaupten, er hätte sie ihnen daraufhin freiwillig zur Prüfung ausgehändigt. Leider ohne Beleg. Von Diebstahl könne keine Rede sein. Dass der Geiger ausgerechnet am Tag ihres Besuchs gestürzt sei, lasse sie zugegebenermaßen als Diebe und Mörder aussehen. Mit beidem täte man ihnen aber unrecht. Das einzige Vergehen, das ihnen möglicherweise zur Last gelegt werden könne, sei jenes der unterlassene Hilfestellung.«

»Nehmen Sie ihnen diese Version ab?«

Hauptmann schüttelt den Kopf. »Nein. Aber es wird schwierig werden, ihre Schuld zu beweisen.«

»Heißt das, dass die beiden aus der Untersuchungshaft entlassen werden?«

»Zweifellos«, bestätigt Geissbühler. »Darum habe ich Sie nochmals angerufen, Herr Feller. Ich erhoffe mir Beweise, die sie doch noch überführen könnten.«

Ich beiße mir auf die Oberlippe und hebe bereits die Hand Richtung Augenbraue. Für diese Mal weiß ich den Raubbau aber noch rechtzeitig zu stoppen. »Da muss ich Sie enttäuschen, Herr Geissbühler. Meine ganze Hoffnung stützte sich auf den Showdown vor dem Feuer. Leider hat er sich in Rauch aufgelöst. Was meint Bornhaus eigentlich zum Vorwurf des Totschlags?,« frage ich.

Hauptmann Geissbühler stemmt sich gegen die Rücklehne. »Er hat zu Protokoll gegeben: Ich denke nur Musik!«

28

Zwei Wochen später legen sich die Turbulenzen um die Brahmskomposition.

Die öffentliche Diskussion konzentriert sich bereits auf neue Geschichten. So werden einigen Mitgliedern des örtlichen Fußballclubs Libidoprobleme beim Abschuss vorgeworfen. Ein anderer Abschuss polarisiert Stadt und Kanton. Schwarze Schwäne aus Australien bedrohen die weiße Unschuld der Höckerschwäne. Weiter verursachen graue Kassen im Vereinswesen Misstöne um Mischtöne zwischen Schwarz und Weiß. Für kontrastreiche Unterhaltung bleibt in der Zähringerstadt gesorgt.

Ich spaziere über das Hochtrottoir der oberen Hauptgasse. Vor Eleonore Günthers Schaufenster bleibe ich stehen. In der Auslage fällt mir eine Neuerscheinung ins Auge. ›Die Thuner-Sonate. Die vielversprechende Violonistin Jasmin Josi interpretiert die Sonate Opus 100 nach dem Originalmanuskript.‹ Wie ist das möglich? Wie ist es Coda gelungen, so rasch eine CD herauszugeben? Woher haben die Musiker die Originalnoten? Warum fallen sie der Brahmsgesellschaft in den Rücken?

Noch bevor ich meine Gedanken ordnen kann,

taucht die Geschäftsführerin hinter dem Ladentisch auf. Ellen erkennt mich sofort. Sie winkt mich hinein. Ich bleibe unschlüssig stehen. Langsam folge ich ihrer Aufforderung. Auf ihre Erklärungen bin ich jetzt schon gespannt.

»Hallo, Hanspeter«, begrüßt mich Ellen munter.

Ohne den Gruß zu erwidern will ich wissen: »Wie bist du an das Original gekommen?«

Sie lacht und erklärt sich: »Das war kein Kunststück. Ich habe Fotokopien gemacht, als Wójcik bei mir vorsprach. Ich gebe ja zu, dass es nicht ganz korrekt war. Möglicherweise habe ich sein Vertrauen etwas überstrapaziert. Aber seit er sich in Polizeigewahr befindet, ist die Frage seiner Unschuld sowieso hinfällig. Jeder verfolgt halt seine eigenen Interessen. Als mir zu Ohren gekommen ist, dass die Brahmsgesellschaft eine Musikaufnahme plant, musste ich Gas geben. Ich bin schließlich auf die Einkünfte aus meinem Label angewiesen. Coda bedeutet für mich Passion *und* Profession.«

Sie will mir eine CD schenken. Das lehne ich trotzig ab. Auf der Maur und seine hintergangene Gesellschaft tun mir leid. Ellen enttäuscht mich schwer. Mein Vertrauen ist geschmolzen wie der Gletscherfirn in den Sommermonaten. Und bis dort hinauf wollte ich sie einst mit meinem zweirädrigen Ferrari chauffieren?

*

Auf der Maur hat demissioniert, nachdem ihm die Machenschaften des Thuner Labels zu Ohren gekommen sind.

Zu arg haben ihn die Tempi furiosi um die Brahmssonate mitgenommen. Sehr zum Bedauern der langjährigen Mitglieder. Der abtretende Präsident hat einem Jüngeren den Platz geräumt. Es handelt sich um einen Geiger. Ob mit dieser Wahl Bernhard Bachmann postum die Ehre erwiesen werden soll?

Der Neue heißt Konrad Mühlemann. Ein Oberländer Musiker. Er hat bisher in erster Linie als Hängegleiterpilot am Niesen für Aufsehen gesorgt. Man darf auf ein neues Mitgliederprofil gespannt sein.

Wäre ich in Baden-Baden imstande gewesen, die Zeichen der Zeit zu deuten, so hätte ich mich über die Fledermaus bei den hochbeinigen Vorratskrügen wohl weniger gewundert. Heute jedenfalls segelt in Thun eine Fledermaus mit weit gespannten Flügeln von der Mauer. Auf die Ära Auf der Maur folgt die Ära Mühlemann. Wird jetzt der Weizen von der Spreu getrennt? In der Vergangenheit wurde nicht selten reifes Korn vor die Hühner gestreut. Das verdorbene Saatgut dagegen wurde zwischen den rotierenden Steinen von selbstgefälligen Kunstkommissionen und selbsternannten Fördergremien zu Weiß(wasfür)mehl zermalmt. Wird Mühlemann seinen Müller stellen?

EPILOG

Die jugendlichen Kehrichtsackwerfer zeigen sich von meinem Zurufen nicht allzu sehr beeindruckt.

Immerhin reicht es aus, dass die vier Burschen ihre nächtlichen Zielwürfe einstellen. Sie maulen Unverständliches. Über die Treppe beim Kino Lauitor verdrücken sie sich zum Aarequai hinunter.

Ich bin erleichtert, schüttle den Kopf und setzte meinen nächtlichen Heimweg entlang der Hofstettenstraße fort. Da huscht einer der Jungen unerwartet die schmale Treppe hoch, genau im Augenblick, in dem ich dort vorbei will. Ich erschrecke! Was will er von mir?

Der Typ ignoriert mich aber komplett. Flink ergreift er stattdessen ein Rollbrett, das an einem Mäuerchen lehnt.

Uff, bin ich erleichtert!

In dem Moment kippt eine Dose aus der weiten Beintasche seiner Schlotterhosen und scheppert über die Steinstufen hinunter. Es handelt sich um eine Farbspraydose! Ganz kurz hebt der Junge seinen Kopf. Unsere Blicke treffen sich. Ich staune nicht schlecht. Muss ich meinen Augen wirklich trauen?

Die Antwort lautet: Leider ja. Es besteht kein Zweifel. Diese Begegnung klärt Jüres zögerliche Informationspolitik der jüngsten Vergangenheit. Unter einer himmelblauen Baseballmütze äugt verlegen sein Sohn hervor, Stefan Lüthi, mein treuer Begleiter auf unserer abenteuerlichen Reise nach Krakau.

Fast zeitgleich entfährt uns beiden dieselbe perplexe Frage: »Du?«

ENDE

REZEPT

Bigos (Polnisches Nationalgericht)

Zutaten:
250 g durchwachsener Speck
300 g mageres Schweinefleisch
1 kleine Räucherwurst
100 g Pilze
250 g Zwiebeln
300 g Weißkraut
300 g Sauerkraut
Salz
Kümmel
Majoran

Zubereitung:
Speck und Schweinefleisch in kleine Würfel schneiden. Zusammen mit den gehackten Zwiebeln kurz rösten. Die Wurst in dicke Scheiben, das Kraut fein und die Pilze blättrig schneiden. Alles mit den Gewürzen in einen Topf geben. So viel heißes Wasser aufgießen, bis das Geköche knapp bedeckt ist. Im gut verschlossenen Topf im vorgeheizten Ofen oder auf kleiner Flamme auf dem Herd eine Stunde

sieden lassen. Zusammen mit gekochten Kartoffeln anrichten.

Bigos schmeckt aufgewärmt noch besser. Unbedingt zu viel kochen oder zu wenig essen, damit am Schluss Reste übrig bleiben. Mit diesem Gericht dürfte der Spagat zwischen Fasten und Völlerei nicht nur dem katholischen Durchschnittspolen gelingen.

GLOSSAR

Alki	Alkoholiker
auf den Latz hauen	stürzen
Beizer	Wirt
Bigos	Polnisches Nationalgericht
bügeln	arbeiten
breit	betrunken
Chaub	Kalb
chillen	sich entspannen
Ching	Kinder
Chömet!	Kommt!
Chribu	Gekritzel
Cześć!	Hallo! (poln.)
dzień dobry	guten Tag (poln.)
do jutra	bis morgen (poln.)
Femme	Frau (franz.)
fetz ab!	verschwinde!
Filius	Sohn
sich foutieren	sich nicht kümmern
Fulehung	fauler Hund (maskierte Narrenfigur)
Göht!	Geht!
Högerli	kleiner Hügel, Anhöhe
Karre	Auto

käumlich	kaum
Konsi	Konservatorium
Lappi	Lümmel
Lugerchen	Äuglein
maulen	widersprechen
Montagne	Berg (franz.)
nie	nein (poln.)
Röschti	Kartoffelgericht
schnugglig	süß, liebenswert
Schroter	Polizist
Solution (f)	Lösung (franz.)
speeden	rennen
Stange	Bier vom Fass
Stift	Lehrling
tak	ja (poln.)
Tilleul	Linde (franz.)
Töffli	Mofa, Moped, Motorfahrrad
valabel	gültig
Zigi	Zigarette

Weitere Krimis finden Sie auf den folgenden Seiten und im Internet: www.gmeiner-verlag.de